ANTOLOGIA POÉTICA

MARLY DE OLIVEIRA

ANTOLOGIA POÉTICA

Organização
e prefácio de
**João Cabral
de Melo Neto**

1ª edição

EDITORA RECORD
RIO DE JANEIRO • SÃO PAULO
2025

CIP-BRASIL. CATALOGAÇÃO NA PUBLICAÇÃO
SINDICATO NACIONAL DOS EDITORES DE LIVROS, RJ

O48a   Oliveira, Marly de
          Antologia poética / Marly de Oliveira. - 1. ed. - Rio de Janeiro : Record, 2025.

          Inclui bibliografia
          ISBN 978-85-01-92308-0

          1. Poesia brasileira. I. Título.

                              CDD: 869.1
24-94782   CDU: 82-1(81)

Meri Gleice Rodrigues de Souza - Bibliotecária - CRB-7/6439

Copyright © Marly de Oliveira, 1997

Design de capa: Leticia Quintilhano
Texto de quarta capa: OLIVEIRA, Marly de. Retrato/Viagem a Portugal.
Rio de Janeiro: Francisco Alves, 1986.

Texto revisado segundo o Acordo Ortográfico da Língua Portuguesa de 1990.

Todos os direitos reservados. Proibida a reprodução, armazenamento ou transmissão de partes deste livro, através de quaisquer meios, sem prévia autorização por escrito.

Direitos exclusivos desta edição reservados pela
EDITORA RECORD LTDA.
Rua Argentina, 171 – Rio de Janeiro, RJ – 20921-380 – Tel.: (21) 2585-2000.

Impresso no Brasil

ISBN 978-85-01-92308-0

Seja um leitor preferencial Record.
Cadastre-se no site www.record.com.br e receba informações sobre nossos lançamentos e nossas promoções.

Atendimento e venda direta ao leitor:
sac@record.com.br

EDITORA AFILIADA

Sumário

Prefácio, *por João Cabral de Melo Neto*, 7

Cerco da primavera, 11
Explicação de Narciso, 37
A suave pantera, 49
O sangue na veia, 67
A vida natural, 75
Contato, 103
Invocação de Orpheu, 119
Aliança, 131
A força da paixão, 165
A incerteza das coisas, 179
Retrato, 189
Vertigem, 203
Viagem a Portugal, 211
O banquete, 223
O deserto jardim, 243
Alguns inéditos, 259

Marly de Oliveira por ela mesma, 267
Obras da autora, 271
Prêmios, 273
Alguma bibliografia sobre Marly de Oliveira, 275

Prefácio

Antes de conhecer pessoalmente Marly de Oliveira, conheci sua poesia. Mesmo sendo de outra geração eu a registrei, em primeiro lugar pela materialidade da linguagem, pela capacidade de objetivação.

O primeiro livro que li dela foi *A suave pantera*, que teve o prêmio de poesia Olavo Bilac da Academia Brasileira de Letras em 1963. O livro incluía os dois primeiros, *Explicação de Narciso* e *Cerco da primavera*.

Em segundo lugar, pela capacidade de construir, tanto o poema longo como o poema curto, sempre mantendo alto nível intelectual.

Por exemplo, ela usa o soneto-poema de forma bem diversa daquela usada pela minha geração ou até por outros poetas da sua geração, a chamada geração de 60. A preferência pela palavra concreta e pela imagem desde o seu primeiro livro me impressionou, vi nela uma grande influência espanhola que me chamou atenção.

> *Setembro de espigas claras*
> *que as mãos colhiam no vento!*

Mesmo o uso do decassílabo, no segundo livro, não tem qualquer ranço parnasiano, porque a acentuação é variada, não é só na sexta e na décima sílabas. Nessa etapa se sente a influência de Valéry e da "Herodíade" de Mallarmé.

> *É para mim que brilho como um sol*
> *deserto, ó fonte, espelho necessário*

> *a esta presença em que ardo como a chama*
> *desnuda e colorida dos topázios.*

A suave pantera é um poema objetivado, mas o primeiro livro já tinha poemas como "Romã", "Poemas a Campos" e muitos outros, como "Natureza morta".

O sangue na veia, embora fale de um conceito de amor de um modo diferente do que se usa sempre, tem também materialidade de linguagem, porque há símiles e constante uso de imagens:

> *O ver tranquilo, sem excesso, eu quero,*
> *como a luz delicada que há num barco,*
> *numa folha, num bicho. Um ver quieto*
> *que, absorvendo o real, nos deixe fartos;*

A vida natural — li uma versão francesa numa revista do primeiro poema e fiquei deslumbrado, mas, quando reli, vi que o original era superior, confirmando-me a certeza de que a poesia, para qualquer língua que seja traduzida, viaja mal.

Salvo alguns poemas longos que vão predominar no *Contato*, é a riqueza imagística combinada com a reflexão que me surpreende sempre.

O *Contato* me parece o mais hermético dos livros, porque o uso da *canzone* italiana eu desconheço e não tenho interesse especial pela literatura de um Guido Cavalcanti, que Marly acha admirável e usa como epígrafe.

No Orpheu de Marly, nem Vinicius nem Jorge de Lima estão presentes. Mas, por indicação da autora, sei que o Orpheu é uma espécie de máscara e seu dizer é o dizer da perda.

Os livros me parecem estruturados, mas não de forma logo visível.

Em *Aliança*, pela primeira vez inclui uns poemas soltos, alguns de homenagem. Mas, nos poemas longos de Marly de Oliveira, há um tipo especial de estrutura, como também nos poemas curtos.

Não é uma estruturação em linha contínua, como um *"tedious argument / of insidious intent"*, como dizia Eliot. Eles não têm o discursivo de um argumento como princípio, meio e conclusão, como acontece em geral com a poesia de caráter reflexivo. Eles parecem recomeçar a reflexão a cada capítulo, mostrando novos aspectos do objeto de que falam ou novos pontos de partida da reflexão, como no Narciso e no Orpheu, em que a cada parte o mito é retomado para ser apresentado de um novo ângulo ou uma luz diferente. Nunca aquela penúria verbal de que se queixava José Guilherme Merquior nos poetas mais jovens de hoje.

Essa mesma técnica de recomeçar a cada passo a reflexão totalizadora é visível em *A força da paixão*, por exemplo, ou em *O banquete*. Em *A vida natural*, a estrutura se apresenta ambiguamente: é o poema longo, com uma unidade de livro acabado, fechado em si mesmo, mas no qual se podem isolar poemas inteiramente independentes do conjunto.

Outro aspecto ainda da obra de Marly de Oliveira é seu admirável espírito de autocrítica, ou melhor, de consciência da unidade geral reflexiva.

Em *Retrato*, a autora passa em revista os livros anteriores, deixando-nos ver a coerência absoluta de sua reflexão poética.

Nos livros posteriores, como *Vertigem* e *Viagem a Portugal*, apesar da aparência de instantâneos ou de impressões esporádicas, corre subjacente o mesmo tom reflexivo, a mesma materialidade de linguagem, que fazem dos quinze livros publicados pela autora, incluindo *O deserto jardim*, que não comento porque foi escrito sobre mim e o meu fazer poético, um exemplo único de coerência, com a paixão da língua portuguesa, ainda que possa muitas vezes usar a tal intertextualidade de que falam tanto os críticos que escreveram sobre ela, sobretudo porque o verso é muitas vezes citado no original. Vejo tudo isso confirmado em *O mar de permeio*, onde a linguagem se vai ampliando com a incorporação de cenas do cotidiano, mesclada ao mesmo tempo de reflexão densa, profunda.

Rio, janeiro de 1994
João Cabral de Melo Neto

CERCO DA PRIMAVERA

1957

Albor. El horizonte
Entreabre sus pestañas
y empieza a ver.

Jorge Guillén

Conheço o coração da primavera
e o dom secreto do seu sangue verde.

Cecília Meireles

Presente

1. Para mim, este rumor
   alado de primavera.

   O vinho da claridade
   em copos de mais azul.

   Tua lúcida presença.
   Enquanto, distante, a terra,

   com toda a sua umidade,
   segura e sem pressa, espera.

Albas

2. Que as horas tombam de nós
    como os pássaros das árvores
    e rosas vermelhas mostram
    caminhos desencontrados.

    Amor, que a manhã se atreve
    azul por todos os lados,
    e urge o aceno que te deixam
    olhos, boca, mãos e braços.

    Que as horas tombam de nós,
    e a manhã, dos céus calados,
    permite que desçam pássaros
    sobre teus olhos fechados.

3. Embora um resto de noite
   fustigue nosso cansaço,
   do céu que brame teu corpo,
   alto silêncio, renasço.

   Caminhos fora convidam
   onde não leva teu passo,
   mas por amor me vou dando
   ao atraso que me faço.

   E enquanto a manhã se adianta
   com firme desembaraço,
   bebo horizontes de amor
   na curva do último abraço.

4. Foi doce estar a teu lado
   de mãos perdidas no vento,
   mas como ave repentina
   a noite foi um momento.

   Já duras luzes investem
   contra a sombra que eu intento,
   e acenam brancas espadas
   nos quatro cantos do tempo.

   Mas embora a luz te leve
   para um novo acolhimento,
   comigo inteiro perduras
   pelos caminhos que invento.

5. Um rio de claridades
   vem batizar de tremor
   teu corpo de sombra pura
   lavrada por muito amor.

   Há um pânico de rosas
   na bravura do horizonte.
   Assombro de aves que irrompem
   do seio crespo das fontes.

   Mas em nós vai sendo adeus
   esse rumor de água clara,
   pois somos canto noturno
   que a forte luz desampara.

Epigrama

6. Bom é ser árvore, vento,
   sua grandeza inconsciente;
   e não pensar, não temer,
   ser, apenas: altamente.

   Permanecer uno e sempre
   só e alheio à própria sorte,
   com o mesmo rosto tranquilo
   diante da vida ou da morte.

Retorno

7. A incauta primavera
   tem um sempre que investe:
   um de espinhos agudo,
   um de rosas agreste.

   Num recesso de azul
   calemos o alto instante
   de estrelas depredadas.
   Não cantarei. Não cantes.

   Se fermenta de música
   a garganta dos ares,
   para quê as palavras,
   os sonhos singulares?

Retrato

8. Deixei em vagos espelhos
   a face múltipla e vária,
   mas a que ninguém conhece,
   essa é a face necessária.

   Escuto quando me falam,
   de alma longe e rosto liso,
   e os lábios vão sustentando
   indiferente sorriso.

   A força heroica do sonho
   me empurra a distantes mares,
   e estou sempre navegando
   por caminhos singulares.

   Inquiri o mundo, as nuvens,
   o que existe e não existe,
   mas, por detrás das mudanças,
   permaneço a mesma, e triste.

Canções por amor

9. Bem que as águas recolhiam
   meu rosto cheio de espera.
   Ao vento dava-me, e às flores
   um rubor de primavera.

   Entravam nos olhos úmidos
   formas vagas e concretas,
   e a um passo a manhã e o vento
   me atiravam suas setas.

   Anterior às distâncias,
   apenas um muro alto,
   que tinha um nome de um lado,
   e do outro o meu sobressalto.

   Amor, ai, bem que podias
   sobreviver a um tal vento.
   E foste um sol estiolando
   o jardim que ia crescendo.

10. Era pelos verdes tempos,
altos, nossos, comovidos,
e em nós os longes e o certo
de horizontes atrevidos.

Setembro de espigas claras
que as mãos colhiam no vento!
O azul acendia pássaros
para o nosso alumbramento.

E caminhávamos juntos,
com a recente solidão
que a tarde de trilhas mansas
nos trazia ao coração.

As horas davam além
de nós, da vida, do tempo.
E era esplendor o ruído
de noz quebrada nos dentes.

11. Molhava os cabelos negros
    nas águas da noite, quando
    cheio de sombra acendeste
    uns olhos cor de limão,
    iluminando o silêncio
    com o simples tocar de mão.

    Um rumor de vinho claro,
    de bocas e mãos unidas,
    e um cheiro de mel e flor,
    rasparam, ai, como espada,
    meu corpo cheio de noite,
    e o teu perdido de amor.

    Por certo que não queria,
    mas tinha a cintura e o jeito
    ao teu abraço achegados,
    e na sombra relumbrava
    a água verde dos teus olhos
    nos meus cabelos molhados.

Tremores de vento e lua
 encabritavam-me o sangue,
e penas de sal e fogo
talavam o silêncio escuro,
ferindo nossas cadeiras
e amarfanhando o chão duro.

Em frio e fogo de amor
apenas luz se alongaram
curvados talhes desnudos.
E nas sombras o silêncio
agitava como franjas
seus longos braços agudos.

Romã

12. A persistência da luz
    madurou-a para agora.
    Estava redonda e fresca
    afrontando a luz das horas.

    Com o rubor um tempo ávido
    e floral passado vinha,
    que me ensinava o temor
    que a vida inteira nos mina.

    E mais, mostrando-me o instante
    da coisa, breve e concreta,
    me apontava o rumo certo
    da intimidade da terra.

Praça

13. Silêncio, azul. Nós dois
    na intimidade da praça,
    como pássaros pensados,
    que uma palavra desfaça.

    Na intimidade do azul
    pairando de asa suspensa,
    e colhendo todo o claro
    de uma primavera tensa.

    Como pássaros pensados,
    que uma palavra desfaça;
    sobre o último azul da tarde,
    na intimidade da praça.

Morte

14. E lutarás comigo,
    fresca ainda de vento,
    presa às luzes do dia
    pelos cabelos últimos.
    Quebrantarás meus olhos,
    sei.
    Apagarás as mãos
    para a ternura,
    para o amor,
    também sei.
    E alçarás a distância
    entre mim e quem amo,
    imperdoável.
    E me terás por fim.
    Mas sem entrega, dura.
    Mais que difícil,
    fria.

Elegia

15. Teu rosto é o íntimo da hora
mais solitária e perdida,
que surge como o afastar-se
de ramos, brando, na noite,
não choro tua partida.

Não choro tua viagem
imprevista e sem aviso.
Mas o ter chegado tarde
para o fechar-se da flor
noturna do teu sorriso.

O não saber que paisagens
enchem teus olhos de agora,
e este intervalo na vida,
esta tua larga, triste,
definitiva demora.

Natureza morta

16. A mesa, a toalha branca,
    e sobre a mesa, plácido,
    como em puro repouso,
    um faisão dourado.
    De que aljava, de que arco,
    sobre o mar, que tardes,
    que navegando céus
    azuis de aves e barcos,
    de que mãos, de que cega
    vontade de ferir
    terá partido a seta,
    direto ao voo, ao peito,
    às plumas frias e altas?
    Que cega pontaria
    te tombou no horizonte,
    como um feixe de luzes
    tuas penas brilhantes,
    tua mínima vida
    colorida e deserta?
    Vejo teu corpo, o claro
    movimento retido
    na pousada asa aberta,
    e penso em mim, em ti,
    urdo os fios da trama,
    e temo a minha seta.

Cantiga

17. Fogo de lírios,
    corpo inclinado.
    Erva, silêncio,
    pasto, cavalo.

    Furor de gemas,
    pressa de galo,
    arquitetura
    de cristal raro.

    Nenhuma sombra
    no teu encalço;
    o teu enigma
    é ser tão claro.

Dois poemas a Campos

A CIDADE

18. Sobre o rio, sobre as casas,
cúpulas, ponte, avenidas,
com acertos de acrobata,
pássaros, metade luz,
metade sombra, levantam
o meio-dia de prata.

Nenhum silêncio mais puro
que o destes azuis prateados,
com cimos de catedral,
ciranda de ventos e anjos;
com aves de plumas negras,
negro ritmo nos telhados.

Ao longe campos perdidos
verdejam de hastes e canas.
E são espadas flexíveis,
verdes, livres oferendas.
E moinhos que vão rodando
duro rito de moendas.

No centro a praça mais ampla:
edifícios, plantas, água,

e bronze de monumentos.
Tudo tão perfeito e certo,
como se estivesse junto,
neste instante em que relembro.

À beira do Paraíba

19. Alvos anjos como alfanjes
cavavam fendas na ponte.
Mas lagos de sonho verde,
num rosto que eram só asas,
cerravam meu horizonte.

Última noite de março.
Alvos anjos como alfanjes
cortavam o silêncio largo.
Por sobre a negra amurada,
testas alvas, rostos graves,
moviam águas caladas.
Amor! dizer pensava,
mas ai, que as águas corriam
levando qualquer palavra.
(Na ponte os anjos andavam
serenos nas fendas claras,
lâminas de coral baço
no coração espetadas.)

EXPLICAÇÃO DE NARCISO
1960

A G. Ungaretti
A A. Houaiss

Oui, c'est pour moi, pour moi,
que je fleuris, déserte!

Mallarmé

Quod cupio, mecum est:
inopem me copia fecit.

Ovídio

1. Que outros continuem vendo
   teu esgarçado sorriso
   sobre tuas próprias ondas
   feitas fonte e paraíso.
   Dizem que o cristal das águas
   era teu rosto prateado,
   e julgam que teu segredo
   já foi todo desvendado.
   Mas eu sei que outros desígnios
   te dobraram sobre ti,
   e obedeceste a uma lei
   que não tem princípio ou fim.
   Para além de tua imagem
   e de ti mesmo, te viste.
   Eras o eterno, a beleza?
   E a isso ninguém subsiste.

2. Eu pastava meus rebanhos
   pelas campinas sem fim.
   Mas me chamaram Narciso,
   teria que ser assim.
   Por mais que houvesse caminhos,
   todos trariam a mim.
   A fonte de águas veladas,
   o cerco e assombro do dia,
   e as águas me refletindo
   no seu dorso cristalino,
   mesmo que não existissem
   não fugira ao meu destino,
   e mesmo que não pastasse
   pelos campos minha grei.
   Mesmo que fosse adivinho,
   profeta, mendigo ou rei,

   pois aprouve aos deuses que eu
   no nome trouxesse a Lei.

3. Raro cristal, imagem pura e minha
   nos verdes destas ondas sossegadas,
   nas minhas veias um rebanho pasce
   sua dor, sua antiga fúria de asas,
   e não turva a beleza de teu rosto
   desnudo como um sol de prata e frio,
   onde navegam peixes enlunados
   seu mistério de amor e de infinito.
   Nos teus olhos de céu quando tramonta,
   que pássaro se cala de repente?
   Que silêncio me apressa às tuas ondas,
   ao teu amor, que o meu acende?
   Que horizonte impossível grita sombra,
   nos separa e nos une para sempre?

4. É para mim que brilho como um sol
deserto, ó fonte, espelho necessário
a esta presença em que ardo como a chama
desnuda e colorida dos topázios.
O azul azula as ninfas como um grumo
de aves pernaltas de arrojadas plumas,
e a mim me volto, a esta fidelidade
em que levanta o amor suas colunas.
Com meus modos de ausência e de infinito
aclaro o breve deste instante raro
(em que me invento um doido paraíso)
e estou distante e alheio como o pássaro
dentro do próprio voo e azul perdido,
deslumbrado de si, de tanto espaço.

5. A fonte desta mágoa é uma lanterna
   ocultamente acesa em minha mão
   e em mim violento e luminoso como
   o segredo das chuvas de verão.
   À minha volta um baile de açucenas
   se encrespa contra o vento e alarga o peito
   das águas transparentes e do amor
   relvado e ensolarado onde me deito.
   E estou comigo, ainda uma vez desperto
   contra o punhal de sombras que me avança
   até onde as ondas todas se confundem
   num tempo irreal que o tempo não alcança.
   As madeixas das horas se desatam
   insones como cabras ao relento
   sobre meu corpo natural e o espelho
   que me completa no seu brilho lento.

6. Num tempo, alheio ao tempo, a sós comigo,
   mais uma vez diante de mim, me escuto:
   o meu rebanho ficou longe, longe,
   e sou pastor apenas do meu luto.
   Mana de mim como um silêncio o amor,
   e uma angústia, uma estrela em que me escudo
   extremamente para não morrer,
   de meus próprios recursos inseguro.
   Que saudade de mim me vem agora
   quando revejo a fonte com seu brilho
   onde meu rosto urgia um tempo-outrora!
   Permanência do amor ou desafio
   ao tempo, no âmago de mim se vota
   um sol eterno e cada vez mais frio.

7. Consomem-se os lauréis da minha vida
em quatro dias, quatro eternidades
memoráveis de esperas e de lutas
contra mim mesmo e o tempo que me cabe
com seu noturno archote e muda flama,
e este silêncio, que é de amor ainda,
rastejando seus males e o infortúnio
contra um redor de festas e vindimas.
Um céu pressago sobre mim desaba
seu manto esquivo e azul com mãos tão frias
que o coração e tudo em mim naufraga,
avaramente, e logo se aniquila,
como a sombra que em sombra se desata.
E estou tão só que a solidão cintila.

A SUAVE PANTERA
1962

A Clarice Lispector

1. Como qualquer animal,
   olha as grades flutuantes.
   Eis que as grades são fixas:
   ela, sim, é andante.
   Sob a pele, contida
   — em silêncio e lisura —
   a força do seu mal,
   e a doçura, a doçura,
   que escorre pelas pernas
   e as pernas habitua
   a esse modo de andar,
   de ser sua, ser sua,
   no perfeito equilíbrio
   de sua vida aberta:
   una e atenta a si mesma,
   suavíssima pantera.

2. É suave, suave, a pantera,
   mas se a quiserem tocar
   sem a devida cautela,
   logo a verão transformada
   na fera que há dentro dela.
   O dente de mais marfim
   na negrura toda alerta,
   e ser de princípio a fim
   a pantera sem reservas,
   o fervor, a força lúdica
   da unha longa e descoberta,
   o êxtase de sua fúria
   sob o melindre que a fera,
   em repouso, se a não tocam,
   como que tem na singela
   forma que não se alvoroça
   por si só, antes parece,
   na mansa, mansa e lustrosa
   pelúcia com que se adorna,
   uma viva, intensa joia.

3. Uma intensíssima joia,
   do próprio sangue animada,
   tão preciosa, tão preciosa,
   que é preciso não tomá-la.
   Que duro sangue a vermelha!
   Que silêncio a não reparte!
   em si mesma reluzente
   a inteira imobilidade.
   Mas o ardor, esse deleita,
   com que a joia se transforma,
   se se move, no animal
   que a própria joia comporta.
   O cuidado — isso extasia —
   com que a joia se transmuta:
   com patas, pernas e olhar
   onde se extrema outra fúria.

4. Mas é no amor que essa fúria
   alcança de si o máximo.
   À parte qualquer luxúria,
   à parte a falta de tato,
   se se alça e ganha a medida
   de seu corpo todo casto,
   há que ver-lhe a esbelta e lisa
   figura de todo lado,
   quando toda se descobre
   — como um cristal se estilhaça —
   amando a vida, ai, amando
   a vida que passa, passa.
   Tão projetada num sonho,
   nem se diria uma fera,
   contida, casta e polida,
   com tanto furor interno.

5. Com tanto furor interno,
   quem a livra, quem a livra
   de ser o seu próprio inferno,
   de, pelo fogo da ira,
   consumir-se estando quieta,
   de acabrunhar-se sozinha.
   Nem se diria uma fera!
   Nem se diria rainha!
   As patas pisando o chão
   têm uma dura leveza,
   os pelos brilhando de ônix,
   — de si mesma prisioneira —
   caminha de um lado a outro
   como pelo mundo inteiro.
   Há esmeraldas de silêncio
   nos seus olhares acesos.

6. O olhar tão aceso
   revela, revela.
   Que força de abismo
   na virgem pantera.
   Que força no amor
   na sua recusa;
   o ventre cerrado
   — quem julga? quem julga?
   e a sua ventura
   violenta, sedenta,
   ensaiados membros
   em surda paciência.
   É vaga e concreta,
   como que inspirada:
   flutua em si mesma,
   parada, parada.

7. Parada, parada,
   quase se humaniza,
   todo um viço de asas
   na cara tranquila,
   flexuosa aspirando
   quem mata, quem mata?
   como uma pessoa
   de forma coleada.
   No entanto a narina,
   no entanto a pupila
   relevos de sombra —
   ah, se a denunciam
   mais que uma pessoa,
   poderosa e bela:
   macia, macia,
   esplêndida fera.

8. Esplêndida fera:
   onírica e lúbrica
   como pode às vezes
   ser uma pantera.
   Negra ela rebrilha,
   presente a si mesma,
   como se invadida
   de uma luz avessa,
   como adiamantada
   de uma luz escura,
   afoita e inefável
   quem a subjuga?
   qual nenhuma besta,
   cingida ao que em si
   é a sua natureza.

9. É da sua natureza
   ser apenas o que a anima:
   uma força elementar
   como uma raiva contida,
   uma violenta doçura
   que bruscamente a delivra
   de si mesma, de si mesma,
   — tão fogosa e volitiva!
   tão puramente animal
   na graça oblíqua e felina!
   com uma forma tão espessa
   que parece refluída.
   Compraz-se em ser o seu corpo
   com a mesma selvageria
   com que numa libação
   todo o ímpeto se amotina.

10. A forma espessa da pantera,
   um tal negrume e tal pelúcia,
   às vezes quase que a confundem
   com todas as demais panteras,
   mas só naquilo que por fora
   tem uma existência concreta,
   naquilo só que se objetiva
   formosamente sobre a relva:
   olhos detidos de tão verdes,
   corpo luzindo sobre as pernas,
   um certo modo de mover-se
   sobre si mesma, terna e quieta.
   Porque ela é igual só a ela mesma,
   se com ardor alguém a observa,
   mas por dentro, tão escondida
   como no fundo da ostra a pérola.

11. Como no fundo da ostra a pérola
    ela se deita veludosa,
    mas anda com patas rebeldes
    seu coração com uma glória.
    Tem um ritmo de silêncio
    a força com que ele desprega
    as patas a cada momento,
    numa espécie de ânsia secreta.
    Violento é o sono do seu corpo,
    mas sem aspereza nenhuma,
    igual à queda de uma coifa
    brusca e silente na verdura,
    sem direção, igual à paina
    mas uma paina concentrada,
    mas uma paina vigorosa,
    seu sono cego, cheio de asas.

12. Se adormece a pantera
    ou se acorda suavíssima,
    é sempre a mesma fera
    repousada e instintiva.
    Há quem pense em veludo
    ou cetim, contemplando
    o pelame felpudo
    e o deslizar tão brando.
    Quieta ou em movimento,
    há qualquer coisa nela
    que lembra um monumento
    pelo que ele revela:
    um certo porte airoso
    que o tempo não consome,
    e um fruir-se gozoso,
    que na fera é uma fome.

13. A fome de um bicho
— e mais se é pantera —
não tem o limite
que em gente tivera.
Não é como a fome
violenta, direta,
subjetiva, do homem,
a fome da fera.
A fome de um bicho
é cruel e eterna,
e toda inconsciente,
com uma força interna.
É fome indistinta
espalhada nela,
com íntima fúria
que ela não governa.

14. A liberdade da pantera
    está justamente nisto:
    que nem ela se governa,
    e o que sucede é imprevisto.
    Essa a vantagem da fera:
    uma força que ela abriga,
    inconsciente, dentro dela
    — sob a aparência tranquila —
    e de repente se revela,
    mas numa espécie de fúria,
    que atinge inclusive a ela,
    mas numa espécie de luta,
    que é o modo que tem a cólera
    de mostrar-se numa fera,
    e que é a sua única forma
    de ser pura, além de bela.

15. Outra vantagem da pantera
    é que sendo ela tão precisa,
    tão colada ao próprio contorno,
    não é, como um mastro, fixa,
    e nem se aguça como um mastro,
    apesar de constante e seca,
    apesar de brilhante e fria
    como um mastro ostentar sua seda,
    apesar de picar-se toda
    como um mastro, de luz marinha;
    ela é flexível e se encolhe
    (o que já não sucederia
    com mastro algum) ou bem se alarga,
    em contínuo fluxo e refluxo,
    como a onda em espasmos de onda,
    fiando-se no seu próprio fuso.

16. Além de precisa é ubíqua,
    outra vantagem mais forte.
    Por toda parte é sensível
    sua graça, como um broche,
    ou como coisa pousada
    e em si mesma repentina:
    os olhos onde violetas
    cobram cores agressivas,
    a cauda suspensa e lisa
    como nuvem sossegada,
    não solta, não qualquer nuvem,
    nuvem presa como uma asa,
    o corpo todo concreto,
    todo animal, perecível,
    e mais uma ânsia por dentro,
    de ser livre, livre, livre.

O SANGUE NA VEIA

1967

Amor mi mosse, che mi fa parlare

Dante, *Inferno*, IV, 72

1. A carne é boa, é preciso louvá-la.
   A carne é boa, não é triste ou fraca:
   o que a atinge é a fraqueza que há num homem,

   a tristeza, maior que um homem, mata-a.
   A carne nada tem, salvo o seu sono,
   barro tranquilo de harmoniosa forma,
   corpo que distraídos animamos,
   fonte real de toda a nossa glória.

   A carne é o instrumento do princípio,
   é por ela que eu vivo, que vivemos,
   e se revela o amor como é preciso;
   o que está fora se une ao que está dentro,
   alma e corpo no corpo confundidos,
   e a sensação completa de estar vendo.

2. Mas vendo o quê? com os olhos, os sentidos.
   Que visão nos permitem, salvo aquela,
   instantânea e fugaz, que não dirijo,
   e que não suportamos de tão bela.

   O ver tranquilo, sem excesso, eu quero,
   como a luz delicada que há num barco,
   numa folha, num bicho; um ver quieto,

   que, absorvendo o real, nos deixe fartos;
   um ver maior que a fome, dilatado;

   um ver maior que a sede, diluído;
   um ver-amor, não água, como um cacto,
   mas um cacto não áspero, e sim liso,

   um cacto que pudera ser domado,
   e, não sendo água, ser todo bebido.

3. Assim o amor, o que não se dissolve:
como um cacto real, sem aspereza.

Assim o amor real é como um cacto,
o que não se dilui em farta seda,
mas se amacia em seda farta e doce,
e, não sendo água, nem sendo diluível,
é o que se toca e sente, e ver-se pode
não vendo, como aquilo que é sorvido,
e é água sem ser água e sem ser sangue;

e sem ser água tudo dessedenta,
e é quase um fogo essa água toda lenta,
água não água, essa água consistente,
a que se cristaliza numa gema,
numa gema que fosse toda quente.

4. Uma gema que fosse toda fria,
   mas na aparência, e toda quente dentro,
   e que tivesse a lisa superfície
   do que se usa com grande atrevimento,
   mas no íntimo; uma gema toda calma,
   quase uma água esse fogo nos doendo,
   um silêncio que fosse uma cascata,
   mas de que o próprio fogo fosse o centro
   e de que o próprio fogo fosse a água.

   Assim o amor, assim o que se espalha
   e não entorna, e vive do que vive,
   e é móvel e capaz de ter limite;
   assim o que se adentra e se dilata
   como sangue na veia, e é todo livre.

A vida natural

1967

A Nélida Piñon

*Sic animi natura nequit sine corpore oriri
sola, neque a nervis et sanguine longius esse.*

Lucrécio, *De Rer. Nat.*, Liv. III

1. Mais que estes leques
   de plumas suaves
   que agita um vento
   que não se vê,
   mas baila e canta,
   sinto que a vida,
   mais que esta terra
   e que estas flores
   variadas, limpas
   e tênues, sinto,
   mais que estes ares,
   sinto que a vida,
   a vida é,
   corre nas veias
   como nos rios,
   na seiva bruta,
   no bicho quente,
   no miúdo peixe,
   em qualquer alga
   macia e fria,
   e não separa
   gente de bicho,
   só unifica,
   na indiferença

mesma que anima
o que se move
ou não se move.
A vida é,
como a medula
de qualquer planta,
como o silêncio
que há numa gema,
como o escorrer
do todo rio
é puro e certo
e intransponível.

Tudo independe
de mim, de ti,
do que é vontade
simples e humana,
e tudo é grande,
claro, perfeito.
Só me limita
a consciência
de ser quem sou,
de me saber
e me pensar

junto e diversa
de tudo isso
que apenas vive
na sua glória,
na sua grandeza
inconsciente
e harmoniosa.

2.   Mas será mesmo a vida?
Ou quem sabe se iludem meus sentidos,
       e o que vive não vive,
       pois não sabe que vive,
e na seiva das plantas, invisível,
       e nas veias dos bichos,
há um puro ardor que acaba em nada um dia?
       O sonho de ser vivo,
       com que torno maior
a diminuta vida de meu sangue,
       ampliada no que existe.
Como a abelha é maior porque precisa
       da flor e de seu néctar,
       e de seu néctar vivo,
além de precisar de uma outra abelha.
       Além de respirar,
o que vive precisa do que vive,
       pois como estar à altura
       do que vive o que é morto,
se viver é também alimentar-se

       o igual de seu igual,
o igual de seu análogo e seu símbolo,
       o igual de seu diverso,
       e seu oposto às vezes,

82

mas sempre tendo a fome por medida?
     o que é vivo precisa
do que é vivo e animado por si mesmo,
     e cumpre o que está vivo
     uma finalidade,
embora se não saiba bem qual seja.

3.   O sentido das coisas,
onde o achar, senão nas próprias coisas?
      Ou algo está por trás
da rumorosa vida de um inseto,
da quietude da flor, do meu espanto,
      vivendo-nos tranquilo,
e cada dia nos absorve um pouco?
      Ou nos reabsorve apenas?
Ou já fomos num antes de nos sermos,
      a que aos poucos voltamos?
Voltamos de mãos limpas, silenciosos.
O que vimos foi pouco e não bastou,
      como o êxtase não basta,
e não basta a memória de ter sido.
      As coisas não esplendem,
e nós somos apenas um reflexo
      imperfeito do oculto,
como o rio reflete fugazmente
a delicada sombra de uma fronde,

      movendo-se tão alta,
que embaixo só memória dessa altura
      fosse o reflexo na água.
As coisas têm um brilho para dentro,
      que lhes é inerente,

do mesmo modo que o homem tem uma alma,
    e não entende, e vive
num vazio de quem a não tivera.
    Ele, no entanto, que arde.
Ele, no entanto, que ama e se devota,
    como o não faz um bruto,
nem ave, ainda a mais bela e delicada,
nem planta ainda a mais tenra e mais sensível,
    nem nuvens, que só passam,
livres de amor, de sonhos e cuidados.

4.   As coisas se renovam,
a natureza vive
num contínuo mudar-se a cada dia,
numa renovação que nem espanta,
uma alcançável, nítida alegria,
que é também ignorância.
As coisas só se medem pelo vivo

da coisa. As estações
que podem contra elas?
A primavera é apenas ocasião
de se manifestar a natural
alegria que têm, as descuidadas.
Alegria que fica,
sob o manto do inverno, intacta e viva.

Não lhes altera o outono
a essência do que são.
Se cai a folha e secam as ervinhas,
outras mais verdes vêm, que as substituem.
A ave que canta é a mesma que há milênios
idêntico cristal
entregava sonoro ao mesmo vento.

Que líquido entregava,
as águas engrossando
do ar que não muda, embora mude sempre,
e traz ao meu ouvido o mesmo canto.
Ser apenas a espécie é superior
ao ser distinto dela?
Eu que ganho sabendo-me e pensando-me?

E escolhi, por acaso,
pensar ou não pensar,
sentir ou não sentir, intensamente?
Que poder me foi dado sobre mim?
Até onde vai a minha liberdade?
Tudo o que sei é menos
que uma árvore de pé, bem que pequena;

do que o milho no campo,
de flexíveis espigas.
Porque a verdade da árvore e do milho
faz-se de ser apenas o sensível
que sempre se repete aos nossos olhos,

mas a minha verdade
é algo que se acrescenta ao que já sou,

e algo que se retira,
e algo que se transforma.
O que penso que sou é tão distante
de mim quanto o que penso que não sou?
Não servirei, embora independente
de mim, a uma verdade
mais ampla que a do milho e que a de uma
árvore?

5. O ar que respiro
    é tão tranquilo
    aqui nestes campos verde malva
    nesta velha fazenda,

    onde nem casa
    mais existe,
    e livre anda o gado pela terra,
    e as novilhas se espalham

    quentes ao sol,
    virgens ainda.
    Alto capim medra em toda a parte.
    Não há cheiro de estábulo

    nem de alecrim.
    O ar nem tem cheiro
    por estas paragens silenciosas;
    o ar se respira apenas.

    Nestes gerais
    vive-se mais,
        penso comigo olhando o campo,
    toalha desdobrada.

6.   Quando flores e nuvens,
mosaicos de silêncio repentino,
    frescos vales e montes,
onde a erva cresce e o gado se apascenta,
    e o rio sua prata

oferece, gentil, à móvel brisa
    de sede sossegada,
quando tudo o que tenho for lembrança,
    que será do que vejo,
se a mais fiel memória transfigura

    o que lembra? No entanto,
o mesmo milho crescerá no campo,
    repetindo o ritual
de há milênios; as mesmas outras águas
    espelharão no dorso

de vidro movediço os mesmos ramos.
    Estas serão as árvores,
as verdadeiras, íntegras, antigas,
    que só com o pensamento
eu não alcançarei em plenitude

de silêncio e de vida.
Pois uma coisa é ter, outra, lembrar.
Uma coisa é viver,
viver em bruto, o sol dando na pele,
o vento levantando

cortinas de esperança e esquecimento;
outra coisa é criar.
Criar quase prescinde do que existe.
O que existe é somente
um rascunho ou um ponto de partida.

Enquanto posso, vivo
a fértil realidade destes longes.
Laboriosa construo
com este mel, para os futuros sonhos,
uma outra morada.

7.   Hoje não vou colher
nem laranjas, nem flores, nem amoras.
        Vou ver crescer o dia
        no redondo das frutas,
e ouvir sem pressa o canto destas aves.

        Serão as mesmas de ontem?
Um dia a mais que fez de mim, que faz?
        e as aves que cantavam,
        se não são estas, onde
estão? O canto apenas se repete?

        Aquela que ontem via
o que ora vejo, não é mais em mim?
        Então eu me renovo
        como as águas e as plantas?
Sou outra, ou me acrescento ao que já sou?

        No entanto, é tudo igual,
embora eu saiba que só na aparência;
        e meu prazer me vem
        de estar sentada aqui,
detendo um tempo que não se detém.

8. A natureza me exige,
   para que possa fruí-la,
   que me livre das paixões
   e outros atributos humanos,

   tornando-me igual a ela:
   atenta a um profundo ritmo
   de existir e transformar-me,
   com a mesma força tranquila,

   que anima tudo o que existe;
   sem perturbar o processo
   vital que se desenvolve
   nas coisas. A natureza

   convida à contemplação
   silenciosa do que vive,
   e a um tácito entendimento
   que não depende dos sentidos.

9. A alegria de estar diante das coisas
   de modo tão direto e natural.

   E de saber desnecessário o sonho,
   as abstrações, a fuga do real.

10.   As flores vagarosas
que revelam? Que vejo na linguagem
     muda de cada coisa,
que não seja um reflexo de mim mesma?
A linguagem da flor é a forma viva
     que na terra procura
toda a seiva que anima a graça aérea

     do talo e de suas pétalas.
Tudo o mais é um acréscimo ao que é.
     E tudo o que não é
é uma forma irreal de ver o real,
vendo o que não existe no que existe.
     Sou eu, além de mim,
compensando esta humana insuficiência,

     de ser e me saber
próxima e inatingível, precisando
     cada vez mais de tudo;
fazendo o grande esforço de me abrir,
com aquele cuidado vagaroso
     com que se desenrola
um tapete encostado há muito tempo.

Minha alma empoeirada,
quem sabe isso a que chamo precisar
é apenas movimento
para fora? de quem sai de um casulo
e com doçura aos poucos se transforma,
e se acostuma à luz,
que ainda é mais luz porque lhe não é própria.

11. A beleza se explica nessa falta
    de alguma explicação, e dou às plantas
        que crescem no silêncio,
        e ao rio de água mansa,

    a nova dimensão de não querer
    ficar só na aparência, eu sob a sombra
        que vem de uma árvore (ou
        de mim?) e então me cobre.

    Ah monja do silêncio, que sei eu?
    que pretendo entender não entendendo?
        abrigada na noite,
        de todas as violências,

    noite onde tudo apenas pré-existe,
    num sono unânime e completo, sem
        a dureza da forma
        e a força de ser vivo,

    a força divergente de existir
    em graus distintos do que é mais perfeito,
        e a que se chega um dia?
        cada um por si.

12. Diante desta paisagem,
    aquecida de um sol ainda mais quente
       do que o sol que se vê,
    me esforço no exercício de manter
       desperta a minha fome,
    a fim de que o que é vivo continue
       (enquanto pode) vivo.

    Desperta, insaciável e inextinguível
       a fúria de comer.
    Ah, janelas de vidro que me sou,
       pudesse eu retirá-las,
    e olhar as coisas corpo a corpo, assim
       como um inseto pousa
       e sorve a luz da flor mais delicada.

       Uma abelha real
    sobre uma flor real, que permanece
       flor, apesar da abelha
    e do mel que se faz, e que outro bebe.
       A fome que revela
    minha grande carência despojada
       de todo falso ornato.

13. A fria e ardente, luminosa treva,
    é o prêmio (não do esforço)
    do não buscado amor,
    do não vindo do atrito ou do esfregar
    de pedras, cuja chama se conserva;
    o que depõe seu ouro
    de entrega em vivo fogo,
    e não se espalha no ar.
    O escuro a que um arder sem esperar
    de repente conduz, a viva morte
    (que o renascer envolve)
    de cada instante, no contínuo sim
    que é dado a esse fluir
    sem esperança e grato a quem desiste
    de tudo: o dia claro, esse pungir
    da memória que insiste
    sob a palha translúcida do vivo
    presente. A morte dessa vida, o fio
    de algum desconhecido labirinto,
    onde quem mais se adentra
    mais se perde e se encontra,
    e sabe não sabendo, e não revela

o que na fala humana é sem sentido.
O que em mim não se pensa
e me é, não me retém
em curto espaço, nessa
forma que somos cega;
malha, crivo, enganoso entendimento,
extático arremesso
para que fim, que vácuo, que ardentia,
que insuspeitada mina
onde se chega, enfim, por extravio,
e se descerra aquilo que me fica
ainda inatingível,
no périplo do amor que é sempre escuro,
como passivo, nobre testemunho.

14. Sob o cair das folhas, neste outono,
    seu prodígio de gemas deita ao frio
    a primavera, e o frio
    cede ao raro esplendor, à intensa festa,
    e em mim, que a estou gerando,
    num primeiro passivo e suave sono,
    a mais completa
    forma de estar-se unido
    ao que vive e ao que é sob este frio
    que o tempo vai deitando
    tranquilo, em finas cores, sobre o campo;
    não sobre mim, pois ardo
    naquele fogo casto
    que a mais espessa neve abrandaria,
    e a noite em claro dia
    transforma, e à cabeceira faz voltarem
    as águas, noutro ritmo de amar
    que busca o início,
    ilusão de infinito
    que há no desdobramento sem esforço
    do tempo noutros tempos, generoso;
    em jardins de uma viva pedraria,

onde a excessiva luz ilude a firme
aparência das coisas,
e tudo se unifica e multiplica
nesse mover-se imóvel,
sobre si mesmo, do enevoado dia.
O paraíso é a minha escolha antiga,
mas por estranha via
que não exclui do gozo o sofrimento,
e as visões deleitosas
de outros mundos etéreos não separa
das visões suscitadas
pelas águas estígias,
e une o frio ao calor, a morte à vida,
em tão fino tecido
que por mais que se esforce não alcança
a mente desfazê-lo, na esperança
de recompô-lo um dia;
o que arde e o que não arde,
o amor e o não-amor estão unidos,
e aquilo que me escapa é que é o sentido.

CONTATO
1975

A Aurélio B. de Holanda

Vèn da venduta forma che s'intende,
che prende — nel possibile intelletto,
come in subietto, — loco e dimoranza.

Guido Cavalcanti

...nada basta,
nada é de natureza assim tão casta
que não macule ou perca sua essência
ao contato furioso da existência.

C. Drummond de Andrade

1. O mais que amor que elide o fluir certo
   de tudo leva-me
   a esse pensar em verso, ou repensar
   o já antes pensado,
   já vivido ou sentido.
   Não o novo me assombra, não o insólito.
   A verificação é o desconcerto
   de cada inquieto
   movimento da mente em direção
   àquele imóvel ponto
   inicial e indiviso:
   a não-coisa da coisa, o informe, o núcleo.
   Minha ausência é amor,
   minha matéria o inacessível, frio
   entender do que sinto.
   O vazio é um fogo e o Um sagrado
   forma com ele o símbolo perfeito,
   mas como perceber
   sem fragmentar ou dividir esse acabado
   símbolo e círculo? Eu que sei de números?
   O descer fundo

no agora, isso é a esperança, o todo-o-tempo
amor com que contemplo
o justo convergir
de futuro e passado nesse eterno
presente, inatingível, se procuro
mais que o mergulho
na água. A memória é um vínculo imperfeito
e vão impedimento
para o livre sentir.
Já não vejo o jardim, desde que espero
sua música, o eco
da infinita harmonia que ali reina.
Aspiro à desistência
para chegar à firme realidade
do que é, embora o rio siga
seu curso, e minha vida
não tenha mais que o amor
que ainda a resguarde.

2. O terrível é o tempo, a minha forma
   de não ver o contínuo
   real, os confundidos no presente
   vários tempos que o mesmo tempo forja.
   O abranger sucessivo
   das coisas é que impede a minha urgente
   vontade de entender o que em mim sente.
   De olhos postos na vida e na esperança,
   contemplo com espanto esse inclinar-se
   de frondes e de sombras
   sobre a erva. Sei de mim que sou grave,
   e tenho intensidade
   sem luxúria, e o sentido que busco
   de mim e do que vive é esse profundo
   não-saber minucioso de luz vária.
   O fino amor que sinto,
   resiste à fria pedra, à dura gema,
   e se exercita na constância da água;
   e cresce enigma, absinto,
   ora dilui, ora dilata a pena.
   Esmorece? edifica? em forma lenta

permite, e não, o anelado contato
com o que é, sem atrever-se ao mínimo
movimento de entrega.
O gesto volta em ondas para dentro:
tenho o rosto tranquilo e o peito ardendo.
Mas quem salva do tempo este passivo
contemplador do amor e do infinito?

3. Baixa um frio, uma luz
   sobre o ansioso invocar, a numerosa
   vã espera de lábios dissonantes;
   no entanto, ah! se conforta,
   em meio aos desencontros inditosos,
   ao desejo de amar que não encontra
   senão em si pegadas indiciantes
   de amor, saber que o mesmo amor já pode
   prescindir do que se lhe deveria,
   em vez da chama, a fria
   luz de um deserto frio, em vez do órgio
   festim, este calado,
   indefeso aceitar que me consome,
   de tal modo em mim vive o não-deserto
   e o longe simulado é aceso perto.
   E de tal modo penso
   na seiva que circula, na água viva
   sob o vivo deserto, o quente, o úmido
   de sombra que se esquiva,
   não ao amor, não ao entendimento,
   àqueles de que dispomos para ouvir
   e ver e então gostar: parcos sentidos,

fonte imprecisa de um comunicar,
sensível quanto mais firme e disposto,
tanto pode o alvoroço
do descobrir, tanto desconcertar
o que se entende ou faz,
naquela distração ditosa e vaga
de quem passeia silencioso um cais,
sem pensar em mistério ou nunca mais.

4. Este jardim me lembra outro jardim,
este verde, outro verde; consensciente,
redescobre a memória o que de mim

sob contrários ventos permanece
intacto e edulçante, e copiosa
fonte de um bem-lembrar que se me impende.

Que manhãs a essas firmes e olorosas,
que tardes a essas tardes sem presságio
se podem comparar? que penserosas

noites a essas noites de pausado
divagar entre sonhos que cavavam,
no real, comissuras, mas tão raso

que tudo continuava em seu lugar?
e um dia a um outro dia sucedia,
de forma quase sempre a acrescentar.

Incorporo ao que vejo o que então via,
ao que sinto o que então de modo vago
sentia sem saber, ou não sentia,

de tal jeito o que vivo me ultrapassa,
e o que penso me excede e me destina
a inquirir sem sossego e sem cansaço,

levada de uma força desabrida;
menos que força, um ímpeto, um desejo
que reconheço em cada coisa viva

de persistir na própria natureza.

A M.

5. Um súbito silêncio enfreia a mágica
   aventura de estar entre os objetos
   que apenas reconhece. Ela adormece
   a meus pés como um gato, um bicho quieto,
   com doçura felina, suave e intensa,
   recolhida em si mesma contra o frio
   da noite. Ela me é, me dorme no seu sono,
   desdobrada de mim, além de mim,
   que a recebi sem entender, atenta
   ao milagre de vida de que fui
   receptáculo apenas, serva mansa,
   e em tudo obediente à natureza.
   Dorme a meus pés, e meu amor reinventa-se
   vendo-a tão calma assim, tão sem defesa.

6. Esta hora é perfeita e até os anjos
   se aquietam como nuvens, como coisas,
      deixando-me desperta

   e tão tranquila, e tão em mim sem mim,
   que assim imaginara a eternidade:
      não um sono sem fim,

   não a paz da inconsciência ou do abandono,
   mas um estar atento e sem cuidado,
      vendo o que não me é dado

   ainda figurar entre estas castas
   imagens que persistem. Minha insônia
      é sagrada? que vozes

   ou que chamados me retêm aqui?
   que febre, que paixão sem desvario,
      me forçam a esperar

   que venha a graça e baixe sobre mim?
   A graça desta paz não sonegada,
      com apelos de sim.

7. Vou fazendo do dia minha noite,
   e ganho em paz, silêncio e harmonia,
   mas que olhos tenho, que contemplem calmos
   a luz que fortalece e revigora
   cada parte do corpo e da minha alma?
   Nessa empresa difícil de viver,

   como escolher o bom de se viver,
   se em pleno dia estou cheia de noite,
   e em plena noite tenho o dia na alma,
   e mais que o dia, a música, a harmonia
   de uma paz que alivia e revigora,
   e vai tornando os pensamentos calmos,

   tranquilos, lassos; e ainda mais que calmos,
   afeitos a um pleníssimo viver,
   que às vezes nem indaga e revigora
   a mente mergulhada em sua noite;
   está fora de mim essa harmonia
   que busco no silêncio da minha alma?

E baixa, dessentido, até minha alma
um desejo, uma aspiração de calmos
paraísos repletos de harmonia,
aprazentes jardins, onde viver
é pouco a pouco ir transformando a noite
naquela suma luz que revigora,

e acalma quanto mais me revigora
as finas representações da alma,
as tramas que tecendo vai a noite,
os laboriosos enigmas. Que calmos
vamos sendo no mágico viver,
que sensíveis à força da harmonia,

que submissos. Mas haverá harmonia
real, se a mesma luz que revigora
é a que me deita sombras no viver,
e torna inquisitiva essa minha alma,
e inquietos os de natureza calmos
pensamentos formados pela noite?

Invocação de Orpheu

1979-1980

A Olga Savary, fraternalmente.

Tout proche
et difficile à saisir, le dieu.

Hölderlin

1. O canto é minha explicação,
   mesmo que diga o que não sei.
   Sou o sentido do que se transforma,
   do que resiste à petrificação

   e não conheço o declínio. Ó vós que ouvis
   o que vos diz Orpheu, sabei que tudo
   repara o tempo, salvo a morte,
   mensageira do escuro, poderosa,
   que põe nos corações desde o princípio
   seu germe vingador. Nenhuma Fúria
   se lhe compara, nenhum sustento é eterno,
   mesmo se subtraído à seiva que arde
   nas veias grossas do mundo. Sois mortais
   e vosso sacrifício há de ser grande,
   que nada nos é dado sem o cobro
   dos deuses.

   Ouvi, no entanto, vós, que a ilusão
   buscais sempre na vã agitação:
   eu vos ensino a insubmissão do amor,
   a inquietude que leva até o inferno

em vida, o êxtase, o delírio. Eu vos ensino
a dor e vos ensino a cólera,
que ela vos salve de vosso destino
menor e implacável. E vos ensino a glória.

2. E pensar que chegara à iminência
   de uma revelação! Um pouco mais e a luz
   que me alcançava o rosto, o outro lado
   da sombra devassaria, por um tempo,
   trazendo-a a esse verde, essa alfombra
   suave. Tão próximos estávamos, que insisti
   em ir-lhe atrás, tão bela,
   que em mim ardia a chama de seus olhos.

   Eu vi a imagem dela
   desfazer-se no ar, junto de mim,
   cruel é a lei que rege a vida e a morte.
   Eu que detive a roda de Ixião,
   que as Fúrias serenei até às lágrimas,
   vi Sísifo apoiar-se sobre a pedra,
   já não contenho o peso do que vi,
   já recupero o ódio, fardo inútil,
   maldigo o dia em que nasci.

   Orpheu suspira, leva-lhe o vento a voz
   na tarde imensa, sem socorro.
   Ninguém lhe escuta o vão suspiro,

ninguém lhe entende a dor, tão sem destino
soa esse canto, a ninguém dirigido,
mas que os pássaros recolhem em pura música
e ecoa em mim na triste imprecação.

3. Esta a minha esperança, que conheçam
   os desígnios que nos regem, o absurdo
   de se aspirar ao absoluto, quando
   tudo ao redor nos diz que é impossível

   ir além de nós mesmos. Mas um dia
   conheceremos, como prometido
   nos foi por boca da sibila,
   tal como conhecidos se supõe
   que sejamos dos deuses?

   Que sabe Orpheu, senão apaziguar
   com o canto o desespero? Ele que dá
   o que não tem, cai sobre a relva
   e chora: esse lamento vem direto
   à minha alma e o vento o leva.

4. Por isso vos maldigo para sempre
   e me recuso à aceitação da vida
   que me dais sem qualquer explicação.
   Em mim vedes o Não
   estampado de forma absoluta,
   que isso vos incite
   a deixar-me a mim mesmo.

   Vasto é o deserto quando nada se quer,
   mais vasto quando nada se busca,
   mas se persiste no desejo de intuir
   em meio a tal desolação
   o sentido de estar agora, aqui,
   o ouvido rente à erva
   que cresce no chão.

5. Não estive onde estive, andava longe
com o pensamento, a força
de evocar ou conceber;
eis porque sem memória
me vejo, onde apoiar
esse meu corpo vago, essa centelha
que, apesar de mim mesmo, ainda refulge
no espaço branco.

O que dizem de mim ressoa
ternamente em meus ouvidos;
alguma coisa reconheço, outras
são vestidos que usei
sem ter notado
e depus não sei onde.

Sei de mim que recebi dos deuses
afinado instrumento
e vocação de amar,
esse grato infortúnio.

6. Despojam-me de tudo o que pensei,
   de tudo o que senti, sem entender, atento
   às leis que descobri na natureza
   sem qualquer prévio ensinamento.

   Ignoro o começo e o fim de tudo,
   mas me repugna essa minha ignorância.
   Houve um tempo em que me submeti,
   tal o susto, tamanha a dor, a vã
   expectativa, insidiosa.

   Não sei a que vim, não saberei
   jamais o que há por trás
   desse meu não saber aflito,
   medalha que levo comigo
   pendurada ao peito.

ALIANÇA

1979

O termo poesia, que se aplica às formas
menos degradadas, menos intelectualizadas
da expressão de um estado de perda, pode
ser considerado como sinônimo de despesa:
significa, com efeito, de modo mais preciso,
criação por meio da perda. Seu sentido,
portanto, é vizinho do de sacrifício.

Georges Bataille

1. Perdi a capacidade de assombro
   mas continuo perplexa:
   esta cidade é minha, este espaço
   que nunca se retrai,
   mas onde o ardor da antiga
   chama, que me movia no mínimo
   gesto?

   Esperei tanto, no entanto, esvaem-se
   na relva, ao sol, no vento,
   os sonhos desorbitados,
   parte da minha natureza
   sempre em luta com o fado.

   Perdi também no contato
   com o mundo, pérola radiosa, vão pecúlio,
   uma certa inocência;
   ficou a nostalgia de uma antiga
   união com o que existe,
   triste alfaia.

2. Contudo, creio em mim, asseguro
   que tenho amor, que me invade
   em momentos de fraqueza
   a força da fraternidade.
   Investigo, indago, insisto
   no projeto de encontrar-me.
   Quem sabe de mim, quem me vale?
   O diamante mais precioso
   não me seduz, nem me rapta
   o tesouro que é dado e retirado.

   Acredita em mim,
   eu não era assim.
   De resto, basta lembrar
   que o sonho mais desordenado
   e sua riqueza singular,
   o pensamento perdido
   em seus amplos labirintos,
   denunciavam logo a mensagem
   terna da aprovação.
   Hoje sei que nem tudo é doação,
   o consolo não vem de onde se espera.
   No entanto, a primavera...

3. Na minha solidão sem esperança,
   não grito, não proclamo,
   nem alcanço entender por que motivo
   sempre perco o que amo.

   Segue a tristeza seu infecundo curso,
   enquanto cresce a grama
   discreta, no jardim.
   Tudo tão deserto e nu,
   onde o sol brilha, e em mim,
   que ponho toda a força na minha recusa:
   só sou livre assim.

(Ausência de Mônica)

4. Nesta casa vazia recomponho teu rosto:
   o dia não desculpa
   a forma escura e fria,
   uma floresta feita
   só de silêncio e ausência.
   Falta o ofício de te ver
   despertar lentamente,
   violenta aurora de meu sangue,
   aprendiz do que sonha o meu amor,
   o curto espaço que nos separa
   esteriliza o suspiro mais radiante,
   a forma comovida
   de um mundo sem sentido.
   São prendas que algum dia hás de entender:
   o amor, que é também cólera
   e aço e cobre e ouro irreversível,
   a saudade daquilo que se tem (ou teve),
   do que não se comanda com a vontade.

   Eu te confio o enigma de ser
   na treva, o dia claro e sem presságio,
   na luz, o espaço daquilo que se perde,
   entrelaçados ambos
   no incerto jogo vivo,
   motor do que se pensa ou se adivinha.

Eu te anuncio
o caprichoso, vário, imerecido desconcerto,
o vão recolhimento ao catre de lembranças
e o despertar um dia para aquilo
que milagrosamente nos circunda
e de tão perto nem vemos:
o difícil presente inacessível.

O que tenho te lego:
a paixão do intelecto
e o respeito daquilo que nos move tão de dentro
que não se entende,
a veia casta de uma secreta ligação com o
mundo,
o pessimismo sempre discutível,
mas sobretudo o amor,
que dispensa até mesmo o entendimento.

(Presença de Patrícia)

5. Salve, amor, segunda natureza
   de quem só vive de servir-te,
   salve, ó cheia de graça,
   ó nascida de mim como da vida,
   sem apelo, sem dor e sem necessidade,
   plácida, límpida, intocada
   essência que jazias
   no não-ser mais abstrato.

   Não te chamei a este exílio,
   este frio, este eclipse,
   num convênio com o fado:
   te aceitei refulgindo como o sol mais radiante,
   que se juntasse ao outro
   que também me foi dado.
   Eu contigo renasço de meu ser
   que voluntariamente renuncia
   à rotina tranquila,
   e o hábito repele na ambição
   de subtrair-se ao cárcere,
   à azáfama do tempo que eu quisera
   ver arquivado em júbilo e sem lágrima.

Tão pressurosa vens, tão sem recursos,
que estabelecido o pacto
da minha aceitação com os teus instintos,
retorno à aprendizagem do caminho
que através de si mesmo e sem cumplicidade
se faz por corredores infinitos
e espelhos que desdobram e devolvem
a imagem quase sempre deturpada.

Não vou guiar-te os passos.
Logo hás de conhecer
que neste mundo vário
algo ilude o que passa, e nos compensa.
Nem julgues que a esperança é uma esquivança
à verdade, ou vão engano
de quem se vê perdido numa ilha:
a vida vale a pena,
alguém sussurra ao meu ouvido atento,
apesar do que sei, do que aprendi com o tempo,
na inconstância do afeto, na dureza
que há na incompreensão dos que nos cercam,
na nossa incompreensão sem indulgência
e na verdade do meu sofrimento.

A Murilo Mendes

6. Neste dia dedicado
   não à caça, à procura, à inspeção
   do mistério,
   mas à lembrança viva dos que amamos,
   que desfilar sem fim na minha memória,
   que ânsia de recobrar, tão sem resposta,
   calcando o amor violento.

   Dói, sobretudo, o que não transmiti,
   a palavra não dita em seu momento justo,
   o suspiro deitado a algum crepúsculo,
   que o eco distribui sem entender,
   a carta que ficou por responder
   aguardando o momento mais propício
   — seta que ainda me atinge o coração —
   o gesto que indeciso rabiscou
   uma sombra no muro e se perdeu
   — e eu sabia que tinha direção.

Clarice

7. Revejo seu rosto nos vários retratos:
   cada um capta algo, nenhum a totalidade
   do que ela foi, do que é ainda,
   a cada instante outra/renovada.
   Eu sei que ela tocou no escuro o proibido
   e conheceu a paixão
   com todas as suas quedas.
   Quem esteve ao seu lado sabe
   o que é fulguração de abismo
   e piscar de estrela na treva.

8. A andorinha de Manuel
   me lembrou um passarinho
   que tive quando menina
   e morreu sem ser preciso.
   Um canário? nem sei, era amarelo
   e cantava.
   Por descuido uma noite
   foi esquecido fora;
   veio o morcego e fartou-se
   de sua sombra alada,
   seu sangue, indefeso
   em sua gaiola, sua casa.

   Data de então um certo cuidado que tenho
   em fechar bem as portas
   antes de ir deitar-me,
   e a consciência — tão clara! —
   de que a inocência não é garantia
   para nada.

9. Não voltará com as aves
   o que perdi.
   Tenho que contestar Guillén,
   embora seja abril
   e haja por todo lado
   um afã de restituir
   a uma cor mais viva,
   a um céu mais puro,
   o cinza, a chuva, o frio
   de até agora.

   Regresso a mim, depois de andar
   à volta do mundo.
   Este jardim é meu, este espaço
   dilatado na sombra do que penso,
   esta terra é minha, este céu
   repleto.

10. Natal. Nesta província não neva,
    mas a chuva anda constante,
    e anda tão longe, perdido,
    o que a alma busca na treva.

    Que me ficou do ano findo?
    Que se pode aprender neste Natal?
    A renascer, gritam os sinos,
    embora todos saibam que é mortal
    aprendizagem essa, sem sossego.

    Nasce um deus de palha que o cerca
    e nos convida a reviver sua paixão,
    já não a cada ano, a cada instante
    renovada. E o sangue se rebela
    e tem vontade de dizer-lhe não.

II

REFLEXÕES:
O MUNDO E SUA PAISAGEM

C'è chi vive nel tempo che gli è toccato
ignorando che il tempo è reversibile
come um nastro di macchina da scrivere.

Eugenio Montale

1. O que descubro em Montale
   é a mesma perplexidade
   diante daquilo que existe:
   o fato de haver nascido
   sem poder dizer não/sim,
   pois ninguém foi consultado.
   A hipótese de um futuro
   integrado ao passado e ao presente
   como em Eliot;
   o vazio camuflado pelo excesso;
   o fato de que a vida tenha pouco
   que ver com cada um de nós,
   a vera dificuldade
   de por trás achar da máscara
   aqueles que sempre vemos,
   rosto e máscara tão rara
   mente coincidindo;
   o furor, antigo quanto o homem,
   gerando o horror, a guerra, a fome,
   a morte e sua catástrofe,
   que de repente anula o universo.

2. Roma é a revelação
   do irrevelado,
   o susto do que resiste
   à fúria do tempo, que investe
   sem preconceito. Contudo,
   há qualquer coisa em Roma
   que me devolve a mim mesma.
   Não sei de meu rebanho:
   pascem ovelhas entre ruínas.
   Eu passeio minha sina
   de estando aqui querer ainda
   aquilo que intuí alguma vez
   e esqueci.

3. *Nel mezzo del cammin di nostra vita,*
   eis que me encontro numa selva escura,
   com tanta fera à espreita
   dentro de mim, que por pouco
   não sucumbo. Perdi também o caminho,
   ou entrei por um desvio
   onde só havia cardos?

   La rencontre manquée de Lacan,
   o ser-para-a-morte de Heidegger,
   o rio de sangue de Rilke,
   a loucura de Hölderlin/Nietzsche,
   os labirintos de Borges,
   tudo se junta e me condena
   a refletir sem trégua. A minha pena
   vem de ainda não saber
   o que me trouxe aqui.

4. Quando pequena acreditei
   no inferno, e me abrasei
   de medo/amor
   que me alçaria ao paraíso.
   Jamais pensei no purgatório,
   esse intermediário
   reino de reparação,
   que, no entanto, prefiro entre os descritos
   pelo maior dos florentinos.
   Agora sei que o inferno
   é faca de dois gumes:
   o incêndio que leva
   à construção
   é o mesmo que nos destrói a cada dia.

5. Em Olímpia não cuidei da paisagem
    seca, de céu limpo,
    cheia de pedras, o lugar onde Fídias
    esculpiu, onde João Cabral
    poderia compor seu poema
    sem escrever sequer uma palavra.
    Horas a fio diante do Hermes
    de Praxiteles, admiti que uma estátua
    superasse o David
    de Michelangelo.

6. Sinto diante da Acrópole em Atenas
   que nada mais perfeito
   turvou minha contemplação.
   O círculo é perfeito? a esfera de Pascal
   simboliza o infinito?
   Pois acredita em mim: a linha pura,
   reta, as colunas do tempo que resistem
   a essa fúria do tempo corrosiva
   são perfeitas também,
   e subjugam
   sem o mínimo esforço o espectador
   que se dissolve pouco a pouco
   na tarde que baixando nos confunde.

A Guimarães Rosa

7. Esperar é sentir-se incompleto,
   disse aquele que entre todos
   conheceu a nostalgia
   da união com o absoluto, o ventre
   materno/paterno de um deus,
   que teria feito o mundo
   e esquecido de moldá-lo
   à sua imagem, e prevarica
   com aquilo mesmo que o corrompe.

8. Pior que o cão é sua fúria,
   pior que o gato é sua garra,
   pior que a sanha de ferir
   a que se esconde
   sob feição de amor.
   Pior que a vida é a não-vida
   do que se faz espectador;
   nem mergulha, nem nada, nem conhece
   o mar fundo:
   está sempre à beira da estrada.

9. Ponho em dúvida a origem do mundo,
   como Montale,
   a guerra/a bomba/como Murilo,
   a vantagem de se pôr a serviço
   do que não vai durar
   mais que o tempo, um nada,
   configurado no tempo que nos cabe.

10. Aquele que semeia escava a terra
    e não se aflige,
    ama a terra, ama o pó
    a que retorna um dia.
    Não dá as costas, não vitupera, não grita:
    planta.
    Aquele que semeia não acha inútil
    sua tarefa, nem pensa
    na colheita ou no eito,
    não se dispersa em palavras,
    não se distrai, mas canta,
    ele também feliz de ser adubo.
    Ele não tem insônia, não faz reflexões
    sobre estrelas ou outros objetos inalcançáveis.
    Conta com suas mãos: única realidade
    concreta/abstrata, palpável/impalpável.

11. A força do poema vem de quando
    exige mais de nós, sendo vedada a entrada
    a um certo estado de espírito,
    à dispersão, à distração, à festa.
    O voi ch'entrate, deixai a esperança
    de entender se estiverdes empenhados
    noutra forma de amar, que desconheça
    a humildade, o silêncio, o recolher-se
    inteiro na disposição
    de perceber o que se diz
    ou se não diz, confiando na secreta
    intuição do leitor que nos completa,
    nos salva do desterro involuntário
    e nos finca num mastro em nosso átrio.

12. Para fazer uma promessa
    não vou a lugar algum, fico aqui mesmo.
    Distribuo ao vento o meu lamento,
    recordo Jeremias, leio de novo os Salmos,
    o livro de Daniel, o livro de Jó.
    Em todos os tempos o homem suplicou,
    só alguns carregaram sua cruz,
    ou a pedra no ombro como Sísifo.
    Só alguns não se inclinaram em desafio,
    só alguns não temeram a força bruta
    do Deus.
    Por conveniência alguns acreditaram,
    outros não;
    todos rezaram quando foi preciso
    e esqueceram depois de passada a ameaça.

13. O meu ódio é mais límpido
quando percebo a má-fé: o resto é perdoável.
Ouvi, impassível, dizerem de Kafka
o que sequer se diz
do ínfimo autor.
Ouvi falarem de Dante
como se fosse a meretriz
de um sistema que caiu;
Racine entregue às baratas,
Hölderlin, Heine, Rimbaud.
Meu coração está triste como o tal balde
despejado do poeta.
O mundo vai explodir, predição
de Murilo, ou renascer
de tanto escombro?

A FORÇA DA PAIXÃO
1982-1984

Do *logos,* porém, a ser exposto neste livro, *toû de lógou toûd* e que existe e vale sempre, os homens são sempre ignorantes, quer antes de o terem ouvido, quer apenas tenham começado a ouvi-lo. Pois embora tudo proceda de acordo com este *logos,* eles se parecem com gente sem experiência, cada vez que experimentam falas e ações, analisando cada coisa conforme sua *physis* e interpretando-a como é. A maior parte dos homens oculta-se o que fazem quando acordados, assim como se esquecem do que praticam quando adormecidos.

Heráclito, Frag. 1

E io anima trista non son sola,
Ché tutte queste a simil pena stanno
per simil colpa.

Dante, *Inferno,* VI, 55-57

1. A dor de ser consiste em não saber.
   O mais é a paisagem
   vista da minha janela,
   onde o sol entra/e não aquece.

   Ah, insuficiência, horror, memória.
   Vou vivendo de mim e tão sem mim,
   que às vezes me surpreendo.
   Vedete ch'io son un che vo piangendo
   enquanto segue o tempo
   sereno, irreversível,
   dimostrando il giudizio d'amore
   com renovado amor.

   E a verdade, e a razão, e o suporte
   em que eu ingenuamente construí
   a pedra, onde assentar
   tudo o que penso e vi?
   Fiou-se o coração de muito isento,
   de si cuidando mal.
   Perdi/ganhei, não sei. Estou
   de novo órfã, de novo à míngua,
   de novo à beira
   do que quase entendi.

Perduro, insisto, rememoro.
Novella doglia m'è nel cor venuta.
O que me leva adiante é o mesmo
que me retém de forma poderosa:
o mundo todo abarco e nada aperto,
agora desvario, agora acerto.
Quem se vai esquecendo a luz acesa?
questa pesanza ch'è nel cor discesa.
Recurso do desdém: também inútil.
Da música, que embala, do estudo
que ainda ajuda, da verdade, que perde
e ganha aquele que algum dia a descortina:
este estar cercada de vidro
por todo lado,
podendo a mínima pedra
ser a ocasião do desastre.

2. Viver é irreparável.

3. De repente o universo se fragmenta
   e não consigo ver-lhe a decantada
   unidade que místicos e sábios
   desde sempre provaram. No princípio
   está meu fim. Só que umas após outras
   não se levantam casas, desmoronam-se
   apenas. E o que sei é o que não sei.
   — Eliot e toda a antiga, oriental
   sabedoria. E tão sem esperança,
   que uma vez conjugados bem e mal,
   nem por isso a verdade é atingida:
   permanece a ignorância, estrela calma,
   mostrando o itinerário sem saída
   que mais que tudo a alma tiraniza.

4. Se se pudesse ao menos entreabrir
   a porta, olhar de frente o minucioso
   inventário de flores, fontes, pássaros,
   que a natureza ostenta
   num luxo desmedido,
   e tão sem consciência!
   Mas acaso existe porta?
   pergunta-se Drummond.

5. O que se vê não é o que se vê.
   O que se sabe não é o que se sabe,
   e nem o que se sente é o que se sente.
   Desistir da verdade é pois um meio
   de chegar à verdade e à causa dela,
   se existe alguma.
   Resta a dureza desta inclinação
   de buscar a ventura,
   porfiando em seguir o que nos foge,
   com esforçado passo (e sem fortuna).

6. Não nasci quando dizem que nasci,
   nasci depois. Tenho registro falso
   e muito engano em consequência disso.
   Este destino humano: inexplicável.
   A fala humana: forma de esconder,
   por exigência de uma vã aparência,
   o que seria tão simples,
   tão fácil de corrigir.
   Mas como diz Montale,
   la verità scotta,
   por isso é melhor lançá-la aos ratos.

7. A função do poema: conhecer?
   A função do teorema: desafio
   que leva à abstração, à conjetura.
   A função da esperança: convencer
   que o poema, o teorema, a ciência, a invenção,
   o semáforo, a história, a explosão
   de Hiroshima; Picasso e sua glória;
   o decalque, a estrutura, a rachadura,
   a ruptura, a eternidade, a desmemória;
   a ignorância, a pobreza, a riqueza,
   a insuficiência, a morte têm sentido.

8. Paisagem de dezembro tão nublada,
   que lembra outras paisagens, com que esta,
   salvo porque está chovendo,
   jamais se identifica.
   Recordo Rosalía: como chove
   miudinho... A grama verde
   esplende, o limão cresce, eu me desprendo
   de algo que ainda estava me doendo,
   porque a memória não dá trégua
   e eu nunca sei o que fazer com ela.

9. A humildade de Borges. Quando o vi
   pela primeira vez e lhe mostrei
   o coração repleto de admiração,
   me respondeu: *"Se algun día te dás cuenta*
   de que no soy lo que tú te imaginas,
   no digas que no te avisé."
   Esta frase continua
   impregnando a minha vida.

A INCERTEZA DAS COISAS

1984

1. No escuro, o canto. E o sono da criança.
   Não fosse a dureza do mundo,
   a incerteza das coisas prontas a explodir,
   o câncer, a vitória
   do perjuro, a aceitação
   da mentira, sempre inglória,
   a fome, o desconcerto, o desvario,
   os que vivem sem dentes para agarrar
   a matéria mais tosca
   sob a ponte de seu destino, infenso
   à mínima alegria
   — e se estaria em paz.

2. À parte isto, tenho ainda
   a paixão pela Commedia,
   que Dante chamava Comedia:
   por Lucrécio, que entendia
   a natureza das coisas;
   e Sêneca e Marco Aurélio,
   sempre à minha cabeceira.
   Camões, Petrarca, Murilo,
   Montale, Drummond, Bandeira.
   E às vezes no meu perdido paraíso
   terrestre, canto, *scegliendo
   fior de fiore,* como Matelda.
   E posso ler Virgílio sobre a grama.

3. Insigne § insone § incompleto.
   Ó Rei § rainha § rato § rápido
   passa tudo o que é vivo.
   (Sabei disso.)
   A fúria do leão, a doçura da sombra,
   a força da pantera,
   o giro das esferas,
   é tudo igual. Basta que se observe
   e se reconsidere o universo.

4. O Tibre, o Arno, e os rios
da minha infância, de que nem
me lembro.
Jamais o mar, violento e esquivo.
Sempre o rio, o fluir sem assalto
ou sobressalto. Memória, amor,
é tudo imenso.
De mãos dadas, suspensos
pelo tênue fio, junto a um rio,
sempre. Eterno e perecível,
o mesmo renovado, o outro
de si mesmo, devolvido
por certo brilho que há nas águas claras.

5. Houve um tempo em que pensei
   na pedra colocada sobre a pedra:
   acreditava na reconstrução.
   Hoje vejo paredes levantadas
   e as conservo
   e luto para que nos abriguem
   a mim e meu rebanho
   sem pastor.
   Não me atrevo a mais nada.
   Mas sei que fui chamada
   e escolhida. Cumpri
   com o meu dever e sei-o bem.
   Inutilmente? Não, como Pessoa,
   porque o cumpri.

6. Minha alegria: ver planta,
   criança crescendo
   sem consonância
   com qualquer aprovação;
   seguindo o curso implacável
   das estações. Não me tentes
   com promessas, viagens,
   fortuna. Vê:
   eu não sou livre, me ocupa
   inteira esta contemplação.
   Vem daí essa espécie de riqueza,
   que a ninguém se comunica,
   e que ninguém entende,
   salvo eu mesma.

7. Desertar, consertar, não importa.
   O milho cresce, repetindo
   o antigo ritual, enquanto
   eu mesma me repito.
   Tanto tempo, meu Deus! Até
   que gostaria de escrever de novo
   a vida natural, que se reinscreve
   nesta vida que vivo, sem qualquer
   artifício.
   E de novo tão só
   que a solidão cintila.

RETRATO
1986

A Lygia Fagundes Telles

*Les jours s'en vont
je demeure*

Apollinaire

1. Houve um tempo em que escrevi:
   Sobre o rio, sobre as casas,
   cúpulas, pontes, avenidas,
   com acertos de acrobata,
   pássaros, metade luz,
   metade sombra, levantam
   o meio-dia de prata.

   Mas o dia era azul e não de prata,
   e nascia de si,
   não de pássaros
   (que também não eram acrobatas).
   A realidade parecia insuficiente:
   o céu tinha que ser de prata,
   os canaviais, espadas flexíveis,
   logo os canaviais
   que emitiam sons de harpa.
   Mas também escrevi depois que
   cada coisa está certa em seu lugar
   cumprindo o seu destino.
   (Só não me lembro onde).

2. Sobretudo eu entendia
que era preciso mostrar
que não era só aquilo
que aparentava. E falei
da face múltipla e vária
deixada em vagos espelhos,
escondendo a necessária;
do indiferente sorriso,
do sonho heroico levando
a distantes mares, eu
que perscrutava o mundo,
o que existe e não existe
— e por detrás das mudanças
persistia (e persisto)
a mesma (e triste).

3. Falei depois na pantera
   prisioneira de si mesma,
   na negrura toda alerta.
   E comparei-a a uma joia
   (que contivesse uma fera)
   intensíssima e do próprio
   sangue animada;
   de sua fúria, que alcança
   de si o máximo no amor,
   à parte qualquer luxúria,
   vaga, concreta, flutuando
   (em si mesma) parada,
   poderosa e bela.

   Mas é claro que eu pensava
   na condição do animal
   todo presente a si mesmo,
   íntegro, inteiro, atual,
   enquanto nós nos perdemos
   em pretérito e futuro,
   sem dar a atenção devida
   ao que de fato importa.

4. Uma de minhas aspirações
   era ter diante da vida ou da morte
   o mesmo rosto tranquilo. E achava
   que bom é ser árvore, vento,
   sua grandeza inconsciente;
   e não pensar, não temer:
   ser apenas, altamente.

   Como fico admirada
   de ter mudado tanto
   e tão pouco.
   Sei apenas que é impossível
   ser altamente, de tal modo a vida
   exige que se baixe às profundezas
   (tanta vez sem grandeza).
   E sei que prefiro a consciência,
   apesar de ser difícil a visão
   do que ocorre ao redor e dentro de nós mesmos.

5. A máquina do mundo para mim
   jamais se abriu e nem eu desdenhara
   o que seria oferto em forma rara,

   eu que, se posso, sempre digo sim
   ao deserto, à esperança, à fonte antiga
   de onde emana o que tem e não tem fim.

   E por mais que me aflija ou me persiga
   a sombra vã de Góngora ou Quevedo
   não se torna por isso mais amiga,

   nem o sono mais leve, nem mais quieto
   esse estar sem saber tecendo aqui
   a trama de que eu mesma tenha medo.

6. Alguém me adverte da inutilidade
   de crer nos outros, na vida, em mim.
   O que tem que ocorrer está em curso
   desde o princípio dos tempos.
   Senta-te ao sol, rumina a paz
   de corolas brilhantes e abelhas
   laboriosas.
   O resto vem depois,
   dura o tempo de uma rosa:
   l'espace d'un matin.

7. Não nos induzas em tentação.
sed libera nos a malo. Livra-nos, se puderes,
das angústias sem fim, das noites de insônia,
dos sonhos possíveis que se tornam impossí-
veis.

Livra-nos do assédio dos fracos,
da inconsistência das coisas,
do medo sem motivo, das confissões
excessivas e do sucesso,
que tira a nossa liberdade
e é capaz de iludir os mais sagazes.

8. A casa não é um estado de espírito.
   Não é também um símbolo.
   É o lugar onde vivo
   e onde só não sou feliz completamente,
   porque ninguém é completamente feliz.
   Viajei muito, errei muito, aprendi.

   Todos os lugares por onde andei terminam aqui.
   (O resto é literatura)

9. O mar me deixa sem sossego.
O mar sem margens, esse infinito
m'effraie. Diante de minha janela
vejo, sereno, o lago e o outro lado.
Esta é a minha segurança,
se tentar a travessia:
a visão do outro lado;
vislumbre de esperança,
para além da água fria.

VERTIGEM

1986

1. Meu nome é o nome que me deram
   numa pia de batismo,
   cuja origem desconheço.
   Mas há um nome secreto
   que cada um escolhe quando chega o tempo
   de repelir o acessório:
   e sou apenas um eu, um tu.
   Despojada de tudo o que me acrescentaram
   — sem a minha aquiescência —
   retorno ao centro de mim mesma,
   ao núcleo.

2. Às vezes certa doçura
   é confundida com fraqueza
   (temor ou submissão).
   Ninguém está preparado
   para o amor real, fraterno,
   sem a vertigem do egoísmo
   ou da paixão.

3. Se de ânimo cativo se pudesse
   de forma inteira e livre então provar
   o excesso, a que me esquivo por costume
   e disciplina de alma, ah, se chegava
   então ao êxtase, em virtude
   de, enfim, acreditar na entrega
   sem temor, franqueando
   à invasão do inimigo
   o muro erguido.

4. Pois recapitulemos:
   o tempo flui, a vida passa,
   e se o sentido me escapa
   de estar aqui querendo ainda
   entender o motivo de meu estar aqui,
   é que ando dividida
   entre ser e viver numa insensata
   ânsia que me perde
   os anos mais felizes.
   (Relembrei Leopardi.)

5. Sempre desejei estar onde estava,
   sempre quis ter o que tinha.
   Inútil fingir que vivia
   à cata do que faltava,
   que, na verdade, é o que falta
   sempre: o entendimento do mundo
   e este vazio, esta ausência disfarçada
   numa pedra, no cedro, na esmeralda.

VIAGEM A PORTUGAL
1986

Conhecer e abrasar-se,
isso é amor.

Vieira

1. Em Portugal, à sombra de mim mesma,
   pela primeira vez fui livre
   e sem cuidado,
   amando o meu estar ali
   de forma tão intensa
   que mal me reconheci.

2. Era a sede infinita
   orientando o absurdo navegante
   no mar/deserto e tão desconhecido,
   que era impossível ir de olhos abertos,
   convertido à esperança de encontrar
   a si mesmo, além de novas terras.

3. Que fariam, quem eram meus avós
   em Trás-os-Montes?
   O que deles me obrigava a recuar
   e não partir com os outros navegantes,
   ao mar imenso preferindo
   o vão recolhimento?

4. O amor me redescobre a antiga chama
   dos feitos gloriosos sem valia
   para os que desconhecem todo extremo
   e pouco afeitos são
   ao pensamento.
   Pois praticado embora e conhecido,
   nem o confio a ninguém,
   nem sou capaz de o louvar,
   mas como missa oficiá-lo.

5. Tão longo o espaço percorrido,
   tão curto o tempo
   dos deuses concedido
   ao grande atrevimento,
   sem cuidar do perigo que corria
   entregando com a alma o pensamento.

6. Altos montes, paisagem sossegada,
   o mar suavemente recortava.
   E eu tão em mim sem mim, que acreditei
   que jamais ao deserto
   seria devolvida,
   eu que, sem vocação para o deserto,
   nele sempre vivi, abençoada
   por essa privação a que me obrigam
   e que passa por mérito de alma.

7. Tornada a mim, eis que recuso
   refazer o caminho
   de meus antepassados,
   as grandes naus, os mares
   já agora navegados.
   Contento-me com a vã procura
   de uma paz e um silêncio
   voltados para dentro.

O Banquete

1988

A Vera e Alberto da Costa e Silva

Mas que ventos, que destinos,
te deram tua viagem?

Eneida, III, 337

1. Foi desde sempre, do início,
   esse registro de ventos,
   cruéis e frios, que vedam
   todo alvoroço e alegria,
   se algo novo se concerta.
   Não foi minha ama uma fera,
   pois sei que de humano tinha
   uma beleza concreta:
   uns olhos que de tão verdes
   luziam na luz aberta
   que entrava pelas janelas,
   portas, varandas, jardins,
   da minha casa deserta.

2. De minha infância deserta,
   onde não cabia o sonho
   e a hera crescia muda;
   onde não havia trégua
   entre o meu medo e o desânimo.
   (Nenhuma pergunta ousada!)
   No entanto, que infiltração
   de suspeitas infundadas
   criando mel com as abelhas
   do que mal se imaginava.
   Pois desde cedo assentado
   ficara que, filho e gado,
   pastariam onde apenas
   lhes fosse imposto ou deixado.

3. A magia que há no real
   e os tigres do irracional
   não se desdizem, conjugam
   (conjugar lembra casal);
   alimentam a ponta extrema
   da plenitude desse ato
   que é tentar o mais exato,
   o mais pobre dos poemas.

4. E a essa extrema pobreza
faço conta que não chego,
que nela tenho vivido,
embora de outra maneira,
já que prescindo de todo
o chamamento corrente,
mesmo se da natureza
tão inclinada ao suplício
de desejar sem valia,
mesmo se da tentação
de conceder uma graça
a quem não a merecia.

5. Sou aquela que cantou
com flauta rústica a vida
natural (já lá vão anos)
e agora vê demolida
a sua antiga morada,
os jardins suspensos sobre
uma vida malograda,
o pomar (de frutas podres).
Um barco no cais parado
da nossa falta de arbítrio
são varandas estendidas
como lençóis ao ar livre.
A nossa falta de tudo
sobre a fingida alegria,
como quadros pendurados,
na casa toda vazia.

6. E foi assim que dei de rosto
   com a humana desventura,
   preferindo sucumbir
   a essa chama interna e pura
   a ter por bem assentado
   o entendimento do mundo,
   ou melhor, a sua fábula,
   o esplêndido banquete
   para a curiosidade
   de artífices, capitães,
   reis, filósofos, teólogos,
   que andam atrás da verdade
   como uma pessoa viva,
   uma pessoa que exista
   com carne, osso e coragem.

7. Como quem sempre esteve
   à margem da vida intensa
   que cercava a sua vida,
   voltada para si mesma,
   como o livro (de que fala
   o poeta) que fechado
   permanece mesmo aberto
   a uma leitura de acaso.
   E portanto reconhece
   que é bom deixar o desejo
   inaugurar novas formas
   de amar sem conta e sem medo.

8. Porém não basta só ânimo
   para uma empresa tão alta,
   nem só a conveniência
   de um raríssimo alvará
   para suprir o que falta.
   Amar é mais que exercício,
   pois sequer sei de outro ofício
   mais exigente e inclemente,
   como atrás ficou dito.

9. E para encerrar confesso:
eis que chego à conclusão
do poeta, esse que diz que
conhecer separa, impede
de amar, eu que por tão longos anos
achei por bem dar razão
ao que dizia Vieira,
e é justamente o oposto
do que agora me conduz
em meio à floresta escura.
A cada passo uma dúvida,
a sensação consciente
de que é melhor recolher-se
sobre sua própria escrita,
em vez de entregar-se a outro
modo qualquer de vida.

10. Fica assim inaugurada
    uma nova forma rara
    de estar sempre na iminência,
    naquela espécie de véspera,
    que desafia o mistério
    do encontro pleno, completo.
    E por que não mude de ânimo
    (seria fácil remédio),
    faço um pacto com o infinito,
    deixo o primeiro capítulo
    adiar-se para amanhã
    e depois para depois
    de amanhã e muitas outras
    manhãs claras e perfeitas,
    qual convém ao que se deita
    cedo para bem cuidar
    seu campo e sua colheita.

11. Direis que estais acostumados,
    a tais protestos e convites;
    preferis pagar de contado,
    de forma objetiva e simples,
    a sentar-se a uma outra mesa,
    onde outras coisas são servidas,
    que não estão no dicionário
    cotidiano das comidas.
    De que outro pão, de que outro vinho,
    com desconfiança pensais
    se possa falar num poema
    sem ser ocasião da mais
    inquietante inquisição
    sobre tudo o que nos rodeia;
    mesa, ferro, cal, arpão,
    o que constrói e o que medeia
    entre o meu sim e o vosso não?

12. Falar de amor não é apenas
    atravessar algum deserto
    e de repente sem querer
    chegar ao oásis singelo,
    espaço luminoso e úmido,
    onde os destemidos se perdem,
    na urgência de beber a água
    límpida que surge da terra;
    os leques de altas palmeiras
    cobrindo com seu verde a areia.
    Amar é ficar no deserto,
    com sua sede e sua imensa
    desolação de céu aberto.
    Por isso a recusa perene
    da mesa farta e a razão
    para o convite que vos faço
    levando em conta a percepção,
    levando em conta as exigências
    a que sem querer nos obriga,
    tal como ao vento no campo
    se verga do milho a espiga.

13. Foi desde sempre o deserto
a minha tentação. Pois
não nos foi ensinado que
para lá se retiravam
em funda meditação
os chamados e escolhidos?
Eis que sem querer confiro
passados anos e anos
que apenas na solidão
tão árida do deserto
é que se prova a esperança
e se aprende a prescindir
até do agreste arvoredo
da nossa imaginação.
No deserto é que se planta
a flor que mais resistente
desafia nossa mente
e exige o cuidado eterno
para sobreviver (com sede).

14. Para sobreviver com fome,
    sede, fibra, força, farpa,
    tudo o que move o animal,
    tudo o que fere e maltrata.
    Para sobreviver como arma,
    contra a secura que mata,
    por mais que não se dispare
    e por mais que seja escassa
    a vontade de viver,
    ou melhor, sobreviver,
    a tanta dureza (áspera).

15. Nesse intuito é que convido
    para o Banquete maior
    todo aquele que deseje
    conseguir algo melhor
    que o simples comer à mesa.
    E já fica declarado
    que os ânimos que se renderem
    à tentação do convite
    tenham, sim, outros valores
    além dos que se oferecem
    gratuitos, à vista, apenas.
    Fica também declarado
    nesta oportunidade
    que além de sentir precisam
    pensar a própria verdade,
    investigá-la, inquiri-la,
    pondo sempre em movimento
    o que ao homem foi negado:
    ter além do pensamento
    e sentimento, equilíbrio
    para não ceder à chama
    e à tentação do infinito.

O DESERTO JARDIM
1990

A João

Dans ce désert qui m'habitait qui m'habillait

Paul Éluard

1. *Vaghe stelle dell'Orsa,*
   sois as mesmas que vistes
   o pobre, o só, o triste
   entre os poetas. A vida,
   dizia, *"a me la vita*
   è male". A mim também
   o disse Montale, em Roma,
   num jardim.

2. Suponho que quase todos
   também tememos a sorte,
   as mudanças, os desvios,
   que não nascemos de modo
   a só fluir como os rios,
   apesar dos obstáculos
   (que os rios também encontram)
   de uma natureza viva,
   criadora e ocisiva,
   como o disse anos atrás.

3. Assim, pois, para escrever,
   preferimos os lugares
   mais secretos. Ah, quantas vezes
   não pensei na solidão
   do que ali se faz rei,
   sem espada, sem mais nada,
   salvo um cetro de madeira,
   algumas flores fechadas,
   com um certo ar tranquilo,
   de festa calma, sem gala:
   um quarto em algum mosteiro
   ou uma cela mesmo em casa.

4. De onde, talvez, a impressão,
   de que no escuro se faz
   mais transparente a palavra,
   como aquela água que cai
   em pingos de chuva clara,
   transformando o céu coberto
   numa festa iluminada.

5. E diante de si despir-se
    como diante de um espelho,
    (em busca de uma outra coisa),
    que chega, tão tortuosa,
    que às vezes falta a coragem
    de vê-la viva no pasto,
    correndo como um cavalo.

6. E ainda que esteja o mundo
    de maneira que convinha
    andarmos todos de modo
    a não agravar-lhe a fúria,
    não são tempos de cilícios,
    litígios ou penitências,
    mas cuidado em precaver-se
    com alforjes e sentenças,
    que a vida dura um minuto:
    o resto, sim, é oculto.

7. E lembro (para meu bem)
   a rica história de Yvain,
   que alguma vez estudei.
   E cenas em praça pública,
   que entrevi de uma janela
   sem ousar uma abertura,
   salvo a da imaginação.
   Os, *fabliaux*, o Roman
   de Roland, Villon...
   Tudo tão presente, mais
   que o apressado deste instante
   em que vivemos tentando
   criar a partir do mínimo,
   em meio a coisas tão grandes.

8. Pois em círculos concêntricos,
   na direção do muito,
   na direção do alto,
   na direção do sempre,
   assim sigo, sem alarde,
   com aquela fidelidade
   que torna mais viva a relva,
   que torna mais verde a sombra,
   antes cega.

9. Assim como o amor se vale
desde sempre, de uma igual
invocação (ou descrição),
pelos caminhos que vão
da mente ao coração,
do coração ao ventre:
extáticos movimentos
que pedem concentração.

10. O segredo da paixão,
    essa fera que derruba
    qualquer faixa imperial
    — sem nenhuma oscilação,
    e luta e vela e persuade,
    desejando no mais fundo
    (de si) perder a vontade
    de reagir, drenar a ferida,
    e partir em liberdade.

11. O que se quer é o paraíso,
    (desde o início retirado)
    a fim de que se o procure
    sempre, por todos os lados,
    ainda que seja inútil
    toda busca, que ao final
    nenhuma resposta é dada,
    salvo em forma de vergel
    uma visão alucinada.

12. No entanto, não há vergel:
    só um pórtico de mármore
    e a inscrição que intuímos
    de que é inútil recorrer
    a quem quer que seja, através
    do inferno e do purgatório,
    de onde jamais escapamos,
    senão em raros momentos:
    escassos desfiladeiros
    que se abrem para o infinito
    — um grão de areia, um pedaço
    de ferro, lança de freixo,
    peito aberto à ponta do aço
    de um punhal atrás de uma arca;
    uma cruz, uma corrente,
    um cavalo, ou um clarim,
    ossadas de dinossauros,
    uma flor (ou uma enxada)
    e nenhum jardim.

ALGUNS INÉDITOS

O quarto em desordem

1. Tão fácil deixar o quarto assim;
lenços, roupas empilhadas,
tênis, papéis por todo lado,
os livros do colégio, um copo de água,
mas um jeito de amar fala mais alto
e vai fazer a cama renovando os
lençóis (é tão forte o calor!) dói
a coluna, mas nem dói mais, quando
sonolenta ela entra
e sorri sonolenta, um anjo
de asas claras, pousado um momento
no meu ombro. Agora a cama está sempre
feita, o armário sempre arrumado, ela
longe longe longe numa
moldura mais que perfeita e o
dia inteiro olho o seu quarto, os quadros,
faz tanta falta aquela desordem!
ela está lá e está aqui
dentro de mim para sempre,
e quando sequer falamos
ao telefone é como se nem
entre nós um oceano
houvesse, como se nem.

On demande comment

2. a poesia, tão pouco necessária ao mundo,
   tenha parte tão sólida entre as artes,
   tenha parte tão sólida
   na construção da linguagem;
   sem ela, uma caixa vazia,
   uma caixa com fendas de onde
   escapasse qualquer coisa, mesmo a água,
   de onde escapasse cada letra e depois a palavra
   que designa esta imagem da caixa
   e assim por diante até que se ficasse
   olhando o chão sem dar nome à semente,
   a ferramenta de uma construção
   que pode ser, quem sabe, o teto
   de uma casa um castelo um poema,
   desafiando todos os sentidos,
   remetendo ao intelecto.

Perto de Vancouver

3. De novo vai na direção de.
   De novo o impulso a força do impulso
   da paixão — que não mata,
   a paixão sob a forma de viagem,
   quarenta e cinco graus abaixo
   de zero, um frio que!...

   Primeiro ataca o peito, gera a febre,
   depois atinge a fala, o corpo, o movimento
   das pernas, a vontade feita de cimento,
   a neve desfazendo o que ainda resta,
   a neve cada vez mais perto,
   o frio, a fome, a festa
   que não houve, e o champagne (um compri-
   mido)
   tomado sem qualquer taça
   num hotel à beira de estrada,
   num fim de mundo qualquer, para dormir,
   dormir fundo, dormir aconchegada,
   sob um lençol, ao nada mais cruel.

A passagem veloz do tempo

4. sem brilho, sem alarde, lagartixa
    subindo tão mais fria que este frio,
    no muro coberto de musgo, embora aquecidos
    tenha tido tantos sonhos vivos, tantos,
    olhos mãos pés sobre a grama ou na
    piscina, algumas vezes febre, algumas vezes
    vendo as pernas crescerem até o salto
    do trampolim sobre o oceano.

    A luz meio vermelha da chama de uma vela
    também vermelha pode ter junto ao pavio
    outra luz tão escura que invisível
    como se lê no Zohar como se lê
    que a vida é transição e a morte apenas
    esquecimento daquilo que se é.

Do lado de cá do Atlântico

5. sem grandes sacrifícios, sem dormir
   no chão nu, sem se privar de algum
   convívio com flores, insetos, mas sem
   outro luxo qualquer, atenta
   de corpo inteiro atenta
   ao que se passa com uma em Barcelona
   outra em Amsterdam, essas duas versões
   do pensamento divino,
   como diria Murilo,
   esperando o momento que vem da travessia,
   o momento que vem da comunhão,
   ela por enquanto vive
   uma vida minúscula perdida
   entre o embalo de um sonho tão presente
   e a cadeira de balanço do passado,
   onde.

Era um vazio

6. pesado como um saco
   de arroz já colhido era uma
   falta que nenhuma flauta pudesse
   descrever vazio que doía mais que dente
   quando dói mais que espinho
   rasgando a pele no ato de colher
   a flor que não havia mas crescia
   no mato na memória no vácuo
   aqui no Rio de Janeiro
   era a concha aquela com ruído
   de mar forma de caramujo
   era a abelha incapaz de picar
   deixando o mel apenas era a vespa
   que se temia o anzol o ancinho
   ávido.

Marly de Oliveira por ela mesma

Viver não é uma situação adjetiva, nem metafórica. É um dado real, que começa em uma data e termina em outra. Daí um certo temor em enunciar a primeira, que, aliás, como diria Murilo Mendes, é da competência do registro civil. Porque, na verdade, nascemos depois, e continuamos a nascer interminavelmente.

Para o escritor, a primeira data de alguma importância é a da publicação de seu primeiro livro. Eu era aluna da PUC, no Rio, e, graças ao apoio de Thiers Martins Moreira, Alceu Amoroso Lima, Aurélio Buarque de Holanda e Antonio Houaiss, lancei o primeiro livro: *Cerco da primavera*, editado pela São José. Ainda adolescente, o grande terror era o da morte, só compensado pela ideia do amor. Eros se opõe a Phobos, aprendi mais tarde com Jung, mas amor e morte são os temas fundamentais deste livro, que pretende, por medo da dissolução, um afirmar do meu eu, de uma identidade, a sensação penosa de uma solidão que ainda é desafio e orgulho.

Comecei em seguida a elaboração de uma *Explicação de Narciso*, talvez sob a influência de um ambiente todo empenhado no estudo de Mallarmé, preocupado com a beleza pura, completa em si mesma, cujo símbolo poderia ser a Herodíade ou o Narciso. Mas eu queria ultrapassar o que via, queria intuir na fatalidade de ser, alguma coisa que deveria explicar, no mito, aquele voltar-se inteiro para si mesmo, aquele indagar-se que desconhecia, até certo ponto, o desdobramento intelectual de Valéry.

Ainda não havia tão consciente o sentido de "casa do ser", mas alguma coisa secretamente advertia que a linguagem era uma forma de dizer o ser. Pouco tempo depois, a preocupação de objetivar o poema, sob a lição de João Cabral de Melo Neto, me fez escrever um livro bem curto, intitulado *A suave pantera*, que teve o Prêmio Olavo Bilac da Academia Brasileira de Letras, e de que Aurélio Buarque de Holanda retirou abonações para o seu dicionário, fato que me deu uma das maiores alegrias de minha vida. A percepção não é automática, só aos poucos nos vamos dando conta do que importa realmente, com a seleção natural do tempo. Passei a prescindir do que é bonito, do que agrada, e aceitei a função da linguagem como *sentido* de algo que me escapava. Escrevi depois *O sangue na veia*, ensaio, tentativa de definir o amor, em quarenta e seis poemas, em que há a vontade de desligar o conceito de amor do de paixão. "Conhecer e abrasar-se", de Vieira, me parecia mais verdadeiro que a representação de um cupido de olhos vendados. Hoje tenho cá minhas dúvidas, pois, quem sabe, uma certa exaltação, que tende a ultrapassar todo limite, não possa dar também uma visão nova do que existe?

Mais tarde um pouco é o momento de *A vida natural*, o primeiro contato real com a natureza. O absurdo não fizera seu ingresso, mas já se ensaiava por trás da dificuldade de captar a orgia, o esbanjamento, o luxo da Natureza, tão sem preocupação com causa e efeito, tão majestosa, contraditória, ocisiva e criadora.

Contato, eu já disse e reafirmo, é *"la recontre manquée"* de que fala Lacan. É o meu fracasso diante da opacidade do outro ou da minha vontade de transparência. Pensar a emoção fez da linguagem um sistema, ao que tudo indica, pouco acessível, pois aquilo que estrutura o discurso é o mesmo que se faz existir através dele.

Invocação de Orpheu experimenta a iminência do encontro, vislumbra uma conjunção que não se realiza. É a nostalgia da completude, a revolta contra o absurdo de sua impotência diante dos deuses cruéis. Como não há escolha, o caminho deve ser a tentativa de *Aliança* com esse real, divino e atual, que se impõe cada vez mais de forma severa e enigmática, ao qual me submeto agora já sem doçura, sem indulgência, mas com uma esperança de amor que me reconduz a mim mesma toda vez que algo ameaça levar-me para longe.

A força da paixão e a *Incerteza das coisas* aprofundam a perda pressentida. *Retrato* faz uma revisão dos livros anteriores. *Vertigem* acentua um certo desencanto. *Viagem a Portugal* recupera uma certa alegria de viver, *O banquete* acha que o deserto pode ser cultivado. *Poesia reunida* junta pela primeira vez todos os livros, em 1989. Dois anos depois, sai *O deserto jardim*, e agora *O mar de permeio* e uma *Antologia poética*, prontos desde 1994.

Rio, outubro de 1997

Obras da autora

Cerco da primavera. Rio de Janeiro: Livraria Editora São José, 1958.

Explicação de Narciso. Rio de Janeiro: Livraria São José, 1960.

A suave pantera. Rio de Janeiro: Anuário da Literatura Brasileira, 1962.

A vida natural | O sangue na veia. Rio de Janeiro: Leitura, 1967.

Contato. Rio de Janeiro: Imago, 1975.

Invocação de Orpheu. São Paulo: Massao Ohno, 1980.

Aliança. Rio de Janeiro: Nova Fronteira, 1980.

A força da paixão | A incerteza das coisas. Brasília: Thesaurus, 1984.

Retrato | Vertigem | Viagem a Portugal. Rio de Janeiro: Francisco Alves, 1986.

O banquete. Rio de Janeiro: Record, 1988.

Obra poética reunida. São Paulo: Massao Ohno, 1989.

O deserto jardim. Rio de Janeiro: Nova Fronteira, 1990.

O mar de permeio. Rio de Janeiro: Nova Fronteira, 1997.

Antologia poética. Rio de Janeiro: Nova Fronteira, 1997.

Uma vez, sempre. São Paulo: Massao Ohno, 1999.

Um feixe de rúculas. São Paulo: Unesp, 2023. [Obra póstuma]

Prêmios

1958 Prêmio Alphonsus de Guimaraens, Instituto Nacional do Livro (INL), pelo livro *Cerco da primavera*.

1963 Prêmio Olavo Bilac, Academia Brasileira de Letras, pelo livro *A suave pantera*.

1980 Prêmio Fundação Cultural do Distrito Federal; e Prêmio Internacional da Grécia, pelo livro *Invocação de Orpheu*.

1987 Prêmio UBE – União Brasileira de Escritores, pelo livro *Retrato | Vertigem | Viagem a Portugal*.

1988 Prêmio Pen Clube do Brasil, pelo livro *O banquete*.

1997 Prêmio Jabuti, pelo livro *O mar de permeio*.

1999 Prêmio Carlos Drummond de Andrade, pelo livro *O mar de permeio*.

Alguma bibliografia sobre Marly de Oliveira

AGRA, Lucio. Banquete à memória. *Jornal do Brasil*, Rio de Janeiro, 23 abr. 1988.

ALMEIDA, Hélio Pólvora de. Marly de Oliveira: impossível estrear melhor. *Boletim Bibliográfico Brasileiro*, Rio de Janeiro, v. VI, n. 2, mar. 1958.

ALVES, Henrique L. Retrato. *Jornal de Letras*, São Paulo, set. 1986.

AYALA, Walmir. Cerco da primavera. *O Globo*, Rio de Janeiro, 6 ago. 1957.

_____. O Narciso explicado. *Jornal do Comércio*, Rio de Janeiro, 24 jan. 1961.

_____. A suave pantera. *Diário de Notícias*, Rio de Janeiro, 1962.

BAYRÃO, Reynaldo. Constância nas problemáticas ontológicas na poesia de MO. Rio de Janeiro, ago. 1957.

_____. A poesia em 1979. *Suplemento Literário de Minas Gerais*, Belo Horizonte, 6 set. 1980.

BRASIL, Assis. Cerco da primavera. *Jornal do Brasil*, Rio de Janeiro, jun. 1963.

CAVALCANTI, Waldemar. *Jornal Literário*, 1957.

CHAVES, Ruth Maria. De Orpheu ou da resistência à petrificação. In: *Invocação de Orpheu*. São Paulo: Massao Ohno, 1979. Introdução.

_____. *Itinerário de Narciso*. Tese apresentada para concurso de livre-docência em Teoria Literária, 1977.

COTRIM, Eliana. Poesia, uma forma de pensar em verso. *Correio Braziliense*, Brasília, jul. 1976.

ENEIDA. A mais jovem poetisa brasileira. *Diário de Notícias*, Rio de Janeiro, 1958.

EMÍLIO, Rodrigo. Contato. *Jornal do Brasil*, Rio de Janeiro, 1975.

FARIAS, Marcílio. Uma aliança para o bem do real. *Correio Braziliense*, Brasília, 1980.

FAUSTINO, Mário. Cerco da primavera. *Jornal do Brasil*, Rio de Janeiro, jun. 1957.

FELÍCIO, Brasigóis. Invocação de Orpheu. *O Popular*, Goiânia, 18 out. 1979.

FISCHER, Almeida. A difícil poesia que vem do fácil contato. *Jornal do Commércio*, Recife, 1976.

FLÜSSER, Villem. Contato. *Jornal de Brasília*, Brasília, 1975.

FONSECA, José Paulo Moreira da. Um autorretrato dentro de um canto. *Tribuna de Livros*, 18 ago. 1957.

GUTEMBERG, Luís. Intimidade com Marly de Oliveira. *Revista José*, Brasília, 28 ago. a 5 set. 1979.

HOUAISS, Antônio. Sentidos sentidos. In: A vida natural: O sangue na veia, *Leitura*, Rio de Janeiro, 1967.

JOSEF, Bella. Amor à palavra. *O Globo*, Rio de Janeiro, 1º mai. 1988.

JUNQUEIRA, Ivan. Poesia e serenidade da emoção. *Jornal da Tarde*, 1988.

_____. Seres paisagem. Marly de Oliveira. *O Globo*, Rio de Janeiro. 1980.

LEITE, José Roberto Teixeira. Marly de Oliveira: Cerco da primavera. *Revista da Semana*, 1958.

LEONARDOS, Stella. Duas moças poetas. *Leitura*, Rio de Janeiro, 1961.

LISPECTOR, Clarice. Um poeta mulher. *Jornal do Brasil*, Rio de Janeiro, mar. 1971.

LYRA, Pedro. A paixão contra a incerteza. In: OLIVEIRA, Marly de. *O deserto jardim*. Rio de Janeiro: Nova Fronteira, 1990.

LYRA, Pedro. Figura maior. *Jornal do Brasil*, Rio de Janeiro, 1986.

MAGALHÃES JR., Raimundo. A vida natural. *Manchete*, Rio de Janeiro, 1968.

MARQUES, Osvaldino. A força da paixão e A incerteza das coisas. Introdução.

_____. Orpheu e a ambiguidade exata. *Jornal de Brasília*, Brasília, 11 nov. 1979.

MARTINS, Wilson. Leitura da poesia. *Jornal do Brasil*, Rio de Janeiro, 14 set. 1986.

MEDINA, Cremilda. Escrever é dar conta das incertezas. *O Estado de S. Paulo*, São Paulo, 18 set. 1984.

MERQUIOR, José Guilherme. Crítica, razão e lírica. In: *A razão do poema*. Rio de Janeiro: Civilização Brasileira, 1965. p. 183-8.

_____. Explicação de Narciso. *Jornal do Brasil*, Rio de Janeiro, 21 jan. 1961.

_____. A suave pantera. *Revista Senhor*, São Paulo, 1963.

MIKETEN, Antônio Roberval. A paixão de Marly de Oliveira. In: *Enigma e realidade*. Brasília: Thesaurus, 1983. p. 59-67.

_____. A paixão segundo Marly. Brasília.

MOREIRA, Evandro. Cerco da primavera. *Folha do Dia*, Cachoeira do Itapemirim, 5 jul. 1960.

NASCIMENTO, Esdras do. A suave pantera. *Tribuna da Imprensa*, Rio de Janeiro, 1963.

NOVO, Regina Fernandes. Aliança de Marly de Oliveira. *Correio Popular*, 1980.

NEWTON FILHO, Mário. Cerco da primavera. Campos, 1957.

OLINTO, Antônio. Porta de livraria, ago. 1957.

PEREIRA, Astrogildo. O cerco da primavera. *Tribuna Popular*, 27 jul. 1957.

PY, Fernando. O banquete. *Diário de Petrópolis*, Petrópolis, 14 ago. 1988.

_____. Continuo sem saber a que vim. *O Globo*, Rio de Janeiro, 8 jun. 1986.

_____. A fantasia, a dor social, a metafísica. *Jornal da Tarde*, São Paulo, 1º dez. 1979.

_____. A invocação de Orpheu. *O Estado de S. Paulo*, São Paulo, 26 jul. 1980.

RIBEIRO, Léo Gilson. A poesia deste livro inaugura nosso ano literário. *Jornal da Tarde*, São Paulo, 9 ago. 1975.

_____. Vinte anos de poema à procura de novos caminhos. *Jornal da Tarde*, São Paulo, 1980.

RÓNAI, Cora. Para responder à agressão do mundo. *Jornal do Brasil*, Rio de Janeiro, 15 set. 1979.

SCALZO, Nilo. Na lírica do fazer poético. *O Estado de S. Paulo*, São Paulo, 1980.

SENNA, Homero. A suave pantera, *Correio da Manhã*, Rio de Janeiro, 9 fev. 1963.

SILVA, Alberto da. A suave pantera volta à vida natural pelo contato e com o sangue na veia. *O Globo*, Rio de Janeiro, 24 ago. 1975.

SILVA, Domingos Carvalho da. Veredas da poesia. *Correio do Povo*, Porto Alegre, nov. 1977.

TORRES, João Camilo de Oliveira. Cerco da primavera. *O Diário de Belo Horizonte*, Belo Horizonte, 1958.

VEIGA, Elisabeth. A emoção pensada. Ou o pensamento emocionado? *O Globo*, Rio de Janeiro, 1980.

VILLAÇA, Antônio Carlos. *Jornal de Letras*, Rio de Janeiro, ago. 1975.

UNGARETTI, Giuseppe. Una Goivine Poetessa brasiliana. *Approdo*, Florença, 1960.

XAVIER, Raul S. A suave pantera. *Jornal do Comércio*, Rio de Janeiro, 30 dez. 1972.